KB114807

天魔神教
洛陽本部

천마신교
낙양본부

천마신교 낙양본부 21

정보석 新무협 판타지

초판 1쇄 찍은 날 § 2022년 2월 16일
초판 1쇄 펴낸 날 § 2022년 2월 23일

지은이 § 정보석
펴낸이 § 서경석

편집책임 § 이준영
디자인 § 노종아

펴낸곳 § 도서출판 청어람
등록번호 § 제387-1999-000006호
등록일자 § 1999. 5. 31
어람번호 § 제2-2903호

본사 § 경기도 부천시 부일로 483번길 40 서경B/D 3F (우) 14640
편집부 § 서울시 구로구 디지털로 272 한신IT타워 404호 (우) 08389
전화 § 02-6956-0531 팩스 § 02-6956-0532
http://www.chungeoram.com
E-mail § chungeorambook@daum.net

ISBN 979-11-04-92419-4 04810
ISBN 979-11-04-92204-6 (세트)

天魔神教
洛陽本部

정보석 新무협 장편소설

FANTASTIC ORIENTAL HEROES

천마신교
낙양본부

21

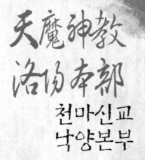

天魔神教
洛陽本部
천마신교
낙양본부

次例

第一百一章

"역시 여기 있었군요. 왕궁에서 이 자리를 제일 좋아하신다
고 했었죠."

중앙 정원 호수 앞.

잎사귀를 입에 문 채로 반쯤 눈을 감고 누워 있던 로튼은
순간 들린 목소리에 마음이 철렁 내려앉는 듯했다.

도대체 언제까지 이럴 건가?

로튼은 눈을 아예 감아 버리곤 말했다.

"애들레이드가 도착했군요, 레이디 시아스."

시아스는 천천히 걸어 로튼의 옆에 앉았다.

외향도 성격도 모조리 바뀌었지만, 좋아하는 향수는 그대로다.

코도 닿을 수 있었다면, 로튼은 아마 그렇게 했을 것이다.

"여기서 뭐 해요? 아버지를 지키지 않으시고."

로튼은 손으로 입에서 잎사귀를 빼고는 말했다.

"도대체 슬롯을 어떻게 꼬드겼는지, 흑기사 전체가 백작님의 수중 아래 있습니다. 그러다 보니 제게 좀 여유가 생기는군요."

시아스는 다리를 모았다. 그러곤 호수를 멀리 바라보며 말했다.

"그래도 무슨 일이 일어날지 모르잖아요?"

로튼은 툭 하니 물었다.

"무슨 일이 일어날 예정입니까?"

"모르잖아요?"

같은 말을 반복한 시아스는 미소를 지으며 로튼을 내려다보았다.

그 미소가 보이니, 로튼은 자기도 모르게 눈을 떴다는 걸 깨달았다.

그는 얼른 눈을 감으며 말했다.

"무슨 일이 있다 해도 결과는 결국 두 가지로 이어질 겁니다."

시아스는 로튼처럼 누워 버렸다.

그녀가 고개를 돌려 로튼의 귓가에 속삭이듯 말했다.

"어떻게요?"

로튼은 귀에서부터 느껴지는 찌르르한 기분을 도저히 견딜
수 없었다.

그는 짐짓 기지개를 켜듯 하며 그 기분을 필사적으로 떨쳐
냈다.

"언제나 그러했듯, 백작께서 승리하시든, 아니면 처음으로
패배하시든, 둘 중 하나일 겁니다."

"세상에. 아버지가 패배한 적이 없어요?"

"적어도 제가 섬긴 이후로는 그렇습니다."

"흐음, 그렇군요. 그러고 보면 참으로 대단한 아버지예요."

"대단하시지요. 지금껏 섬겼던 많은 사람 중 단연 독보적이
십니다."

"오? 많은 사람을 섬기셨나 보네요."

로튼은 본래 말이 별로 없었다.

시아스와 함께하던 순간에서도 거의 대부분 그는 듣는 쪽
이었지, 그의 이야기를 하는 쪽은 아니었다.

시아스가 자기 말만 한 것도 있지만, 사실 엄밀히 말하면
먼저 질문한 적이 없었기 때문이기도 하다.

그렇다.

애초부터 그녀의 감정은 사랑이 아니었다.

"생각보다 많았습니다. 아시다시피 전 이런저런 재능이 많습니다. 그런데 덤으로 싸움도 잘하지요. 따로 배운 것도 아닌데, 어릴 때부터 체계적인 교육을 받은 기사들도 쉽사리 이기곤 했습니다. 그러다 보니 많은 사람들이 절 탐냈죠."

"하기야, 머혼 기사단을 이끄는 고폰 경도 당신에게 열등감을 가지고 있고, 파인랜드 최강의 기사인 슬롯조차 당신과 대등하다고 서슴없이 말하니까요."

왜 갑자기 칭찬을 늘어놓는 것일까?

로튼이 단조로운 목소리로 말했다.

"레이디 시아스."

"말씀하시지요, 로튼 경."

로튼은 결국 눈을 떠 버렸다.

그리고 고개를 돌려 시아스를 보았다.

시아스는 이미 그를 바라보고 있었다.

눈이 마주치자, 그녀의 두 눈이 더욱 매혹적으로 가늘어졌다.

로튼이 물었다.

"왜 여기 계신 겁니까?"

시아스의 눈웃음은 입가까지 이어졌다.

"아시잖아요."

"……"

시아스는 고개를 앞으로 했다.

"입 냄새. 내가 항상 말했잖아요. 물로만 헹구지 말고 소금을 적극적으로 쓰라니까요. 그래서 내가 키스를 잘 안 해 준 거예요."

로튼 역시 고개를 앞으로 했다.

"레이디께서 지적한 날 이후로 매번 소금물로 합니다. 그래도 사라지지 않는 걸 어떻게 합니까?"

시아스는 놀란 눈을 했다.

그녀가 다시 로튼을 돌아보며 물었다.

"그럼 치약을 좀 달라고 하지 그랬어요?"

"치약은 귀족이나 사용할 수 있지요. 일개 기사가 쓸 수 없습니다."

"아니요. 로튼 경은 그 정도로 키스가 고프진 않았던 것뿐이에요."

로튼은 다시 고개를 돌려 시아스를 보았다.

"막을 겁니까?"

시아스는 고개를 갸웃했다.

"뭘요?"

"제가 지금 백작님을 지키려고 하면 절 막으실 거냐는 겁니다. 신무당파의 무공으로."

시아스는 미소 지었다.

"전 검도 없어요."

"그럼 막지 못하시겠군요."

로튼이 몸을 일으켰다.

그러자 시아스가 말했다.

"가지 마세요."

그 한마디에 로튼의 몸이 우두커니 멈춰 섰다.

로튼은 아무리 자기 몸을 움직이려고 해도 도저히 움직일 수 없었다.

차라리 마법에 걸린 거라면 다행이다.

풀면 그만이니까.

"난 머혼 백작께 충성을 맹세했습니다. 슬슬 가 봐야겠습니다."

"하지만 전 로튼 경과 더 노닥거리고 싶은걸요? 옛날 생각도 나고. 로튼 경은 안 그래요?"

"죄송합니다, 레이디."

그가 발을 내디디려는데, 호수 한쪽에서 한 남자가 나타났다.

그는 물을 길러 온 듯했다. 이내 로튼과 눈이 마주치자, 그가 깜짝 놀라며 말했다.

"로, 로튼 경."

로튼은 그를 익히 잘 알았다.

"한슨."

테이머 한슨은 나지막하게 말했다.

"호, 혹시 로얄조이를 가지러 오신 거면… 더 이상 없습니다."

로튼은 고개를 저었다.

"아닙니다. 더 이상은 필요치 않습니다."

그 말에 테이머 한슨은 안도한 표정을 짓다가, 그의 옆에 있는 시아스를 발견했다.

그는 즉시 고개를 조아리고 포권을 취했다.

"마, 마스터를 뵈, 뵙습니다."

시아스는 물끄러미 한슨을 보다가 곧 말했다.

"자리를 비켜 줄 수 있어요?"

한슨은 고개를 연신 끄덕이더니, 곧 풀숲으로 사라졌다.

그러자 로튼이 말했다.

"물리실 필요는 없었을 텐데요."

시아스는 그를 따라 일어나며 말했다.

"왜요? 제자한테 부끄러운 모습을 보이고 싶진 않은걸요."

"그럴 일이 없을 것이기 때문……."

로튼은 말을 마치지 못했다.

저 멀리 유리 벽 안쪽 복도에서 아시스와 머혼이 걸어가는 것을 보았기 때문이다.

머혼이 반보 앞에서 걸었고 아시스가 검을 뽑아 들고 있었기 때문에, 무슨 상황인지는 대번에 알 수 있었다.

로튼은 즉시 달렸다.

시아스 역시 경공을 일으켜 로튼을 따라갔다.

로튼이 최대한 빨리 달리는데, 그 옆에 여유롭게 따라붙은 시아스가 그에게 말했다.

"어차피 늦었어요."

"……"

"괜히 힘 빼지 말고 나랑 있자니까요?"

로튼은 달리는 도중, 검을 빼 들었다.

그리고 시아스를 슬쩍 흘겨보더니 말했다.

"제 앞길을 막으시면 레이디도 다칠 겁니다."

"그 말 그대로 돌려 드릴게요. 가만히 있어 줘요. 당신을 다치게 하고 싶지 않으니까."

"……"

로튼은 입을 다문 채로 계속해서 뛰었다.

곧 중앙 정원을 감싼 유리 벽에 도달했다.

와장창-!

로튼은 발로 유리 벽을 깨뜨리며 복도 안으로 진입했다.

그리고 순간 당황한 아시스를 향해서 검을 휘둘렀다.

아시스는 얼른 검을 양손으로 잡아 로튼의 검격을 방어했다.

챙-!

아시스는 크게 충격을 받고는 뒤로 몇 발자국이나 물러섰다.

로튼은 그 틈을 이용하여 머혼을 잡아 그에게 말했다.

"백작님, 뛰십시오."

머혼은 사태를 바로 파악하고는 로튼과 함께 그대로 복도를 질주하기 시작했다.

따라 들어온 시아스는 아시스를 일으켜 세워 주었다.

"괜찮니?"

"바, 방금 로튼 경이지?"

시아스는 고개를 끄덕이더니, 손을 내밀었다.

"검 좀 줘."

아시스는 잠시 망설이다가 곧 그녀에게 주었다.

"부탁해."

시아스는 싱긋 웃고는 제운종을 펼쳤다.

그러자 그녀의 몸이 길게 이어지더니, 막 머혼과 로튼이 사라진 복도 쪽으로 따라 들어갔다.

로튼과 머혼은 그녀로부터 대략 5m 정도 떨어진 거리에 있었다.

그리고 먼 거리에선 머혼 기사단이 달려오고 있었다. 그들의 선두에는 고폰과 한슨 머혼이 있었다.

"백작님!"

"아버지!"

그들은 더욱 속도를 내어 머혼과 로튼에게 달려왔다.

시아스는 현천보를 펼쳐 앞으로 나아갔다.

로튼은 그 발소리를 듣고는 몸을 멈추며 머혼에게 말했다.

"시간을 벌겠습니다."

그가 몸을 돌리는데, 시아스의 검이 이미 로튼을 향해 뻗어지고 있었다.

로튼은 자세를 크게 낮추었다.

부웅.

내력을 잔뜩 머금은 검은 허공을 갈랐다.

로튼은 그대로 균형을 잃은 시아스의 몸쪽으로 파고들었다.

그의 검끝은 시아스의 목에 가까이 있었다.

아무리 내력이 있고, 무공을 펼친다 한들 수십 년간 경험의 차이를 메울 수는 없다. 게다가 시아스는 이번이 첫 실전이다. 때문에 로튼은 그녀의 허점을 쉽사리 파고들 수 있었다.

하지만 시아스는 신무당파의 정식 제자로 상승무공까지도 펼칠 줄 안다.

그녀는 현천보를 극성으로 펼쳐 로튼의 검에서 벗어나 뒤로 훌쩍 물러나더니, 그대로 자세를 잡아 태극검법을 펼쳤다.

부—웅.

휘—윙.

바른 자세에서부터 내력을 잔뜩 머금은 검이 휘둘러지자, 그 속도와 위력이 상당했다.

하지만 문제는 너무나 정직하다는 점이다. 도저히 피할 수 없는 속도이며 도저히 막을 수 없는 위력이라 할지라도, 그 움직임이 미리 읽힌다면 아무런 의미가 없다.

로튼은 검을 뒤로 잡고, 몸을 살짝살짝 비트는 것으로 시아스의 검격을 모조리 피해 냈다.

결국 시아스는 태극검법을 마지막까지 펼치고, 다시금 일초식으로 돌아가려 했다.

작디작은 틈이었으나, 로튼에게는 느끼지 마라 해도 느껴질 정도로 거대했다.

그는 그 중심으로 검을 찔러 넣었다.

막 검을 휘두르려던 시아스의 코앞에 로튼의 검이 멈췄다.

"그만하십시오, 레이디. 검을 버리세요."

시아스는 대수롭지 않다는 듯 말했다.

"역시 실전은 어렵군요."

"검을 버리세요. 세 번은 말하지 않겠습니다."

시아스는 미소 지었다.

그리고 그녀는 눈을 감고 앞으로 한 발을 내디뎠다.

로튼이 팍 인상을 썼다.

하지만 시아스의 몸이 앞으로 나옴에 따라, 로튼의 검은 그대로 뒤로 물러났다.

시아스는 눈을 떴다.

"검을 버리세요, 로튼 경. 당신은 날 이길 수 없어요."

로튼은 이를 악물었다.

하지만 그의 검은 주인의 마음도 모른 채 점차 아래로 떨어졌다.

결국 그의 검끝이 바닥에 닿았다.

"로튼! 뭐 하냐! 어서 죽여!"

머혼의 외침에도 로튼은 검을 떨군 채 가만히 있었다.

시아스는 옆으로 고개를 빼꼼 내밀더니, 머혼을 보며 말했다.

"죽이라니요, 아버지. 너무하시네."

머혼은 이미 한슨과 고폰 그리고 머혼 기사단 안에 있었다.

그는 이를 바득 갈더니, 외쳤다.

"저 머저리 같은 놈. 고폰, 너는 할 수 있겠지. 시아스를 죽여라. 내가 허락하마."

고폰은 슬쩍 고개를 돌려 머혼을 보더니 말했다.

"진심이시죠?"

머혼은 분노를 토해 냈다.

"그럼 장난으로 보이냐?"

고폰은 어깨를 한 번 들썩이더니, 앞으로 검을 뻗고는 말했다.

"자, 레이디를 죽일 시간이다. 무슨 마법에 걸린 것처럼 검이 빠르고 강하지만 충분히 예상할 수 있을 거다. 다들 내 말이 무슨 말인지 알겠지?"

머혼 기사단 모두가 눈에 살기를 담으며 큰 소리로 외쳤다.

"예, 캡틴!"

"예, 캡틴!"

시아스의 표정이 굳었다.

그들은 모두 어렸을 때부터 자신을 예뻐해 줬던 사람들이다.

그런데 머혼의 말 한마디에 이렇게 변하다니.

한슨이 가장 앞으로 걸어 나오며 말했다.

"항복해, 시아스. 그러면 목숨은 살려 주마. 아무리 너와 로튼이라도 이 모든 사람을 상대할 수는 없을 거다."

그때, 갑자기 시아스의 뒤쪽에서 높고 날카로운 목소리가 울렸다.

"그건 내가 할 말이야, 한슨."

당당한 걸음으로 나타난 아시스는 모든 이의 시선을 빼앗았다.

그녀는 천천히 로튼과 시아스를 지나쳐서 한슨 앞에 섰다.

그녀를 본 고폰의 얼굴이 당황으로 물들었다.

"레이디 아시스."

아시스가 고폰에게 말했다.

"고폰 경, 지금 당장 말해 봐요. 당신이 생각할 때, 누가 머혼가의 후계자로 가장 어울리나요?"

"……."

고폰은 꿀 먹은 벙어리가 된 듯 말이 없었다.

이에 한슨이 얼굴을 구기며 뒤를 휙 돌아봤다.

"고폰! 왜 말을 못 하는 거지?"

"……."

고폰은 계속해서 한슨과 아시스를 번갈아 볼 뿐 더 말을 하지 않았다.

이에 아시스는 머혼을 바라보며 말을 덧붙였다.

"아버지! 아버지께서 아까 제게 하신 말씀을 모두 앞에서 하시지요. 제가 진정한 머혼이라고, 모두에게 이야기하시라고요!"

"……."

이에 머혼도 아무 말을 꺼내지 못했다.

한슨은 불타는 눈빛으로 고폰과 머혼을 번갈아 보다가 이내 고개를 확 앞으로 돌렸다.

"너… 너……."

아시스는 시아스에게 손을 내밀었다. 의미를 정확히 알아들은 시아스는 아시스에게 검을 주었다.

아시스는 그 검을 들고 한슨에게 뻗으며 말했다.

"누가 진정한 후계자인지, 이 자리에서 가리자. 한슨! 목숨을 걸어! 지금!"

한슨은 그녀를 보며 거친 숨을 내쉬다가, 다시 고개를 뒤로 돌려 고폰에게 말했다.

"뭐 하느냐, 고폰! 당장 모두에게 명을 내려. 저들을 모조리 죽이라고! 너희 머혼 기사단들은 뭘 하는 거냐! 명령을 받들지 않고!"

고폰은 그의 말을 무시하고는 머혼을 돌아보더니 말했다.

"정말 그렇게 말씀하셨습니까, 머혼 섭정님?"

모두가 침묵하는 가운데, 머혼은 눈을 감았다.

고민 끝에 머혼은 곧 눈을 뜨고 한슨에게 말했다.

"한슨, 네가 여기서 아시스를 꺾지 못하면, 고폰에게 신임을 얻을 수 없다. 그리고 고폰의 신임을 얻을 수 없다면, 넌 머혼이 될 수 없다. 그러니 대결에 임해라. 그리고 보여 줘. 네가 내 핏줄임을 모두에게 보이란 말이다."

그 말에 한슨의 얼굴이 창백해지기 시작했다.

곧 몸을 돌려 아시스를 향해 검을 뻗었다.

하지만 검끝이 사시나무처럼 떨렸다.

한슨은 눈을 질끈 감았다.

전에 신무당파에서 있었던 대결이 절로 떠올랐다.

그 마지막 수.

아무리 방 안에서 연구를 하고 연구를 해도 도저히 이해할
수 없는 그 한 수.

그 한 수는 절대로 이길 수 없다.

한슨의 검이 서서히 내려갔다.

그와 동시에 그의 고개도 아래를 향했다.

그 모습을 본 머혼의 얼굴에선 모든 감정이 증발했다.

한슨은 누구와도 눈길을 마주치지 않으며 몸을 돌렸다.

머혼 기사단의 기사들이 그에게 길을 내주었다.

한슨은 그 사이로 걸었다.

아무도 입을 열지 않았다.

아무도 움직이지 않았다.

머혼가의 상속자는 그대로 걸어 도망쳤다.

*　　　　*　　　　*

멜로스의 지하 감옥엔 아무것도 없다. 있다면 얼굴 하나도 들어가지 못하는 작은 창문이 전부였다.

머혼은 그 창문을 가득 채운 달을 보며 중얼거렸다.

"좋은 달이군. 딱 그날 같아."

덜컹.

그때, 지하 감옥 멀리서 자물쇠 열리는 소리가 났다.

이후 발소리와 함께 환한 불빛이 지하 감옥을 밝히기 시작했다.

머혼은 목을 가다듬고는 차분히 기다렸다. 그러자 곧 그의 감옥 밖에 세 사람이 나타났다.

두 은기사들과 운정이었다.

운정은 은기사들을 향해서 말했다.

"독대하고 싶습니다."

은기사들은 별다른 말 없이 횃불을 한쪽에 꽂아 놓고는 그들에게 자리를 내주었다.

그들이 물러가자, 머혼이 먼저 입을 열었다.

"어젯밤까지만 해도 내가 거기 서 있을 줄 알았습니다. 운정 도사가 이 안에 있고."

운정이 대답했다.

"절 죽이려 하신 것이 아닙니까?"

머혼은 옅은 미소를 지었다.

"비유적인 표현입니다. 하하하."

운정은 머혼을 따라 옅게 웃어 보였다.

머혼은 몸을 돌려 창가를 올려다보았다.

아까부터 보고 있었던 달이지만, 다시 봐도 질리지 않았다.

운정이 말했다.

"머혼 섭정께서는 내일 처형될 겁니다. 아시스 장군에게 애들레이드 여왕님을 죽이라고 말한 것이 명백한 반역이라, 아무리 제가 설득해도 선고를 뒤집을 순 없었습니다."

머혼은 고개를 느리게 흔들었다.

"애초에 그 상황이 만들어진 것에서 전 이미 패배했습니다. 그러니 마지막 발악을 한 것이지요. 그때, 그런 말을 하지 않았다고 해도, 애들레이드는 갖갖 이유를 만들어서라도 절 처형하려 했을 겁니다."

"글쎄요. 애들레이드 여왕께서 아무리 당신께 앙금이 있다 한들 법률을 따르지 않고 자기 마음대로 처벌할 수는 없습니다."

머혼은 잠시 말이 없다가 툭 하니 말했다.

"그렇게나 절 옹호해 주시는 걸 보니, 스페라 백작은 살아 있나 보군요. 그녀가 죽었다면 절 이렇게 매너 있게 대하지 못하셨을 텐데 말입니다."

운정이 담담하게 말했다.

"그녀가 당신을 죽이겠다는 걸 말리느라 이렇게 늦게 찾아오게 된 것입니다."

"크하하, 그렇군요."

머혼은 웃음을 참지 못했다.

그의 웃음이 잦아들자 운정이 말했다.

"머혼 섭정님, 한 가지 묻……."

머혼이 운정의 말을 잘랐다.

"섭정도 뭐도 아닙니다. 그러니 절 머혼 섭정이라 부르지 마시지요. 그냥… 하아, 그래요. 그냥 한슨이라 불러 주십시오."

"예?"

머혼은 슬쩍 고개를 돌려 운정을 보았다.

그의 미소는 어딘지 모르게 서글펐다.

"제 이름입니다, 한슨. 그러니 절 한슨이라 불러 주십시오. 전 이제 섭정도 아니고 머혼도 아니니까요."

"……."

운정이 아무런 말도 못 했다.

머혼은 다시 고개를 돌려 달을 올려다보았다.

그가 말을 이었다.

"저도 거의 까먹고 있었습니다. 가문의 주인이 되면서부터 모두에게 성으로만 불리다 보니까 말입니다."

"그럼 당신은 당신의 아들에게 당신의 이름을 그대로 물려 준 것이로군요."

"맞아요. 그랬었습니다."

"……."

"그래서? 묻고 싶은 건 무엇입니까, 운정 도사님."

운정이 말했다.

"어느 때부터 절 배척하기로 마음먹으셨는지 알고 싶습니다."

머혼은 턱에 손을 올렸다.

"그야, 처음부터이지요."

"처음부터라 함은?"

"처음 만났을 때부터입니다. 당신은 이 사람, 저 사람 만나며 생각이 흔들리면서도, 절대로 자기 자신의 뜻을 굽히지 않는 고집이 있었습니다. 이는 절대로 수하로 두면 안 되는 사람 중 하나이지요."

"그렇습니까?"

"적일수록 가까이 두라고 하니까요. 그래서 처음부터 당신을 제 저택에 초대한 겁니다. 제 마음을 모두 보여 주려고 한 것이지요. 그래야 당신의 마음을 알 수 있으니까요."

"……."

머혼은 팔을 내렸다.

"물론 그 마음을 확고히 한 때는 따로 있습니다."

"그때가 언제입니까?"

머혼이 조금은 높아진 어조로 말했다.

"한번 맞혀 보시지요."

운정은 잠시 고민하더니 말했다.

"포트리아 백작의 일 이후입니까?"

"아니요. 그때만 해도 운정 도사와 함께 갈 수 있는 가능성이 있었습니다. 제가 운정 도사님을 완전히 적으로 인지한 것은 그보다 더 이후의 일입니다."

운정이 말했다.

"그렇다면, 제가 신무당파를 설립했을 때로군요."

"그보단 전입니다."

그렇다면 하나밖에 없다.

운정이 나지막하게 대답했다.

"황제를 알현했을 때입니까?"

머혼이 고개를 느리게 끄덕였다.

"정확하진 않지만, 정답이라고 해도 과언이 아닐 만큼 근접하긴 하군요."

운정은 이제 정확히 답을 알 수 있었다.

"제가 황제와 독대를 청했을 때로군요."

머혼은 몸을 돌렸다.

그리고 운정을 정면으로 바라보았다.

"그때, 형님과 무슨 이야기를 나눴는지 알려 주실 수 있습니까? 혹 오늘을 준비한 것은 그때부터였습니까?"

"……."

"어차피 전 내일 죽지 않습니까? 그러니 그 정도는 알고 가고 싶습니다."

운정은 가만히 머혼을 바라보았다.

어찌 보면 대답하지 않겠다는 명백한 의미였지만, 머혼은 아랑곳하지 않고 운정을 계속해서 뚫어지게 바라보았다.

대답을 듣기 전까지는 고개를 돌릴 생각이 없어 보였다.

운정이 말했다.

"별말 하지 않았습니다. 롬의 문화가 신기해서 그에 관해서 대화를 나누었지요."

"……."

"한슨께서 생각하는 그런 대화는 오간 것이 없습니다."

"그럼 왜 굳이 독대를 청하셨습니까?"

운정이 희미하게 미소를 지었다.

"악인은 마음속에 악이 가득하기에, 그가 보는 모든 것에도 악이 가득하지요. 때문에 스스로의 꾀에 빠지게 마련입니다."

"……."

"전 진실을 파악하는 눈을 가졌지만 그래서 더더욱 사람을 판별하기 어려웠습니다. 선인이라고 거짓을 말하지 않는 것이 아니고, 악인이라고 거짓만을 말하는 것이 아니기 때문입니다. 전 한슨, 당신이 어떤 사람인지 알고 싶었습니다. 그래서 황제와의 독대가 당신에게서 어떤 반응을 이끌어 낼지 궁금했습니다. 선하다면 선의로 해석했을 것이고 악하다면 악의로 해석했을 것이기 때문입니다."

머혼은 그 대답을 듣고도 여전히 운정을 바라보았다.

작은 침묵 뒤 그가 말했다.

"그럼 아까 제게 한 질문의 답을 이미 알고 계셨군요. 제가 당신과 반목하겠다 확고하게 마음먹은 시점이 언제인지 말입니다."

"아니오, 몰랐습니다. 한슨께서는 제가 황제와의 독대 이후 즉각적으로 악의를 품지는 않으셨습니다. 이후 시간이 흐르면서 서서히 드러난 것이지요. 방금 알게 된 것입니다."

머혼은 깨달았다는 듯 입을 살짝 벌렸다.

그가 말했다.

"제가 제 꾀에 속아 넘어간 것이로군요. 전 운정 도사가 저를 상대로 술수를 펼친다고 생각했습니다. 황제와의 독대를 시작으로 제게 반항할⋯ 지금 생각하면 조금 우습지만, 당시에는 반항이라고 생각했습니다. 아무튼 제게 반항할 준비를 시작했다고 전 판단했지요."

"……"

머혼은 이해했다는 듯 고개를 몇 차례 끄덕이더니 다시 몸을 돌려 창문을 올려다보았다.

"저도 물어봐도 되겠습니까?"

"예, 얼마든지."

"소로우는 어떻게 구워삶은 겁니까? 애초에 그가 의도적으로 접근했다는 것은 어떻게 아셨습니까?"

"한슨께서 프란시스 대주교와 이야기할 때, 그 옆에 있었습니다."

"설마요. 방 안에는 아무도 없었습니다만."

"무당파의 술법에는 은형술이란 것이 있습니다. 투명 마법과도 같은 효과를 냅니다."

"흐음, 그래서 알 수 없었던 것이로군요. 그렇다면 프란시스 교주님께서 스페라 백작에게 빌려주셨다는 아티펙트는… 함정이었습니까?"

"그렇습니다. 그때, 한슨께서는 대답하였었지요, 스페라 백작에게 말을 전해 주겠다고요. 하지만 제게는 스페라가 어디 있는지 잘 모르겠다고 하셨었습니다. 둘 다 거짓은 아니지만, 서로 상충되는 말이긴 합니다. 때문에 그때, 한슨께서 일을 꾸미셨다는 확신을 했습니다."

"그럼 그날, 바로 소로우 자작을 만나서 그를 설득한 겁니까?"

"그 이후에 즉시 만났습니다. 똑같이 은형술을 사용해 왕궁으로 들어왔지요."

머혼은 허탈한 웃음을 지었다.

그러곤 조용히 말했다.

"정말로 크게 성장하셨군요, 운정 도사님. 자신을 속이려고 한 사람의 의중을 꿰뚫어 본 것에서 그치지 않고 그를 다시 설득하여 돌아서게 만들다니 말입니다."

"소로우 자작이 제게 한 말에 진심이 담겨 있음을 알았기 때문입니다. 그가 델라이와 애들레이드를 생각하는 마음이 없지는 않다는 걸 알았습니다. 그랬기에 애초에 한슨께서도 그를 사용하여 저를 속이려고 하신 것 아닙니까?"

"맞습니다. 그는 영지민을 지키는 것이 자신의 가장 큰 의무라고 생각하기 때문에 정황상 유리해 보이는 절 섬겼을 뿐, 사실 그의 마음은 애들레이드에게 기울어져 있었지요. 그래서 그가 하는 말은 진실이 될 것이고, 그 진실로 운정 도사님을 속일 수 있을 거라고 생각했습니다."

"때문에 그를 설득하는 것은 어렵지 않았습니다. 렉크 백작의 생존 소식을 알리니, 돌아서셨지요."

머혼은 두 손을 들었다.

그리고 박수를 쳤다.

짝, 짝, 짝.

머혼은 진심을 담아 말했다.

"정말 대단합니다. 옳고 그름을 깊이, 또 자세히 따지시는 성품을 지니신 운정 도사께서 기회주의자들을 경멸하지 않고 안으로 품으시다니 말입니다. 저야 워낙 사람에게 기대하는 것이 없어서 그런 족속들과 함께하는 것이 아무렇지도 않지만, 운정 도사 같은 분께 그런 인간들은 벌레만도 못하지 않습니까?"

"세상에 기회주의자가 아닌 사람은 없습니다, 한슨."

"……"

"저 또한 마찬가지입니다. 용서받을 수 있는 기회가 주어지니까, 용서를 구했고, 선을 행할 수 있는 기회가 주어지니까, 선을 행했습니다. 기회에 얽매이지 않고 제 소신대로 행동했다 자신 있게 말할 수 없습니다. 그러니 제게는 소로우 자작을 경멸할 자격이 없습니다."

머혼은 낮게 웃더니 말했다.

"당신은 내가 아는 모든 사람들 중에서 가장 사랑교도 같군요, 운정 도사."

"……"

머혼은 한숨을 쉬더니 말을 이었다.

"막크는 어떻게… 아닙니다. 괜한 소리를 했군요. 그는 설득하지 않으셨겠지요. 혹, 그는 죽었습니까? 오늘 아침 그가 혹 기사들에게 악마화 주문을 걸어 주었으니, 그 이후에 처리하셨겠군요?"

"아닙니다. 지금까지 그의 행적을 찾으려 했지만 어디에서도 그를 찾을 수 없었습니다. 아마 델로스에서 도주한 것 같습니다."

"아하, 막크답군요, 막크다워요. 제가 이겼더라면 언제 도망갔냐는 듯이 지금쯤 모습을 드러냈겠지요. 하기야 그래서 그에게 중요한 일을 맡기진 않았습니다만……."

머혼은 더 말이 없었다.

묻고 싶은 것은 많았지만, 스스로 질문을 참는 듯 보였다.

운정은 이제 이곳에 온 가장 중요한 목적을 이야기했다.

"한슨, 사실 제가 여기 온 목적은 한 가지 정보를 얻기 위함입니다."

머혼은 자신의 생각을 멈추고 운정에게 말했다.

"말씀하시지요. 최대한 아는 바를 알려 드리겠습니다."

"중원의 청룡궁, 제국의 집정관, 어둠의 학파. 이 집단들은 모두 밀접하게 연결되어 있는 듯합니다. 혹 이에 대해서 아는 바가 있습니까?"

머혼은 고개를 숙였다.

그리고 생각을 정리하고는 조용히 설명하기 시작했다.

"그들의 관계는 델라이와 천마신교와의 관계와 비슷할 겁니다. 서로 이익이 되는 방향으로 거래하는 사이겠지요. NSMC가 없기 때문에 그들이 행하는 차원이동은 매우 불안정하고 또 위험합니다만, 그것을 감수하고서라도 거래할 만큼 중원과 파인랜드는 서로에게 큰 존재입니다. 저는 막크를 통해 어둠의 학파 쪽과 교류를 했습니다."

"……."

"초소형 미티어 스트라이크. 드래곤을 이용한 광범위 노마나존. 그리고 개량된 악마화 주문까지… 이 모든 것은 중원과 파인랜드의 기술이 합쳐져 나온 결과겠지요. 천마신교는 공간 마법을 얻었고, 델라이는 블러드스톤을 얻은 것처럼 말입니다."

"……."

"각자의 목적은 다 다를 겁니다. 집정관은 전쟁을 위함이겠고, 어둠의 마법사들은 자기들 학파의 번영이겠고, 또 청룡궁은… 거기까진 잘 모르겠습니다. 하지만 분명한 사실은 중원과 파인랜드의 교류는 더욱더 심화될 것이며, 이제 곧 과도기가 찾아올 것이라는 점입니다. 이후 안정기에 접어들 때까지, 양쪽 대륙의 시체가 산을 이룰 것이고, 피가 강물을 이룰 겁니다. 신무당파의 개파조사인 운정 도사께서는 이를 두고만 보고 있지 않으시겠지요."

"그렇습니다. 결코 그런 일이 일어나지 않게 할 겁니다."

"그렇다면 두 세상 간의 조율을 잘하셔야 할 것입니다. 두 차원이 부딪치며 생기는 여파를 개인의 힘으로 막을 수 있는지는 잘 모르겠습니다만."

"저 혼자가 아닙니다. 신무당파가 있습니다. 그들과 함께 막을 것입니다."

"과연 그것이 가능하겠습니까?"

"당신의 장녀인 시아스는 제가 아는 누구보다도 강한 마음을 지녔습니다. 차녀인 아시스 또한 강함과 선함을 타고났습니다. 그들뿐 아니라 많은 이들이 있습니다. 그러니, 신무당파는 충분히 막을 수 있습니다."

머혼은 다시금 침묵했다.

얼마나 지났을까?

그가 고개를 들었다. 그리고 몸을 돌려 운정에게 다가왔다.

그 얼굴에 걸려 있는 웃음은 어딘지 모르게 허무했다.

그는 목에 걸려 있는 목걸이를 잡았다.

그리고 그것을 벗더니 운정에게 내밀었다.

"더 세븐 중 하나인 레저렉션 펜던트(Resurrection Pendent)입니다. 수십 가지의 마법이 걸려 있습니다만, 가장 좋은 기능은 그 이름대로 죽은 자를 되살린다는 겁니다. 언데드로가 아니라 살아 있는 그 자체 원래대로. 완전히 말입니다."

"……."

그 말에 운정의 두 눈이 크게 뜨였다.

머혼은 두 눈으로 그것을 내려다보며 설명했다.

"물론 대가가 있습니다. 누군가를 소생키 위해선 다른 생명 하나를 바쳐야 하고, 또 그 마법이 적용되는 동안은 또 다른 생명을 살릴 순 없다는 점입니다. 한 번에 한 명만 가능하지요. 한마디로 말하면 이 목걸이의 소유자가 어떤 한 생명을 살리면, 기존에 살아났었던 자는 다시 죽습니다."

"……."

"제가 아버지의 손에 죽어갈 때에, 이것을 통해서 꺼져 가던 제 목숨을 바치고 다시 제 목숨을 되살렸습니다. 어차피 죽음이 코앞이라 그게 이득이었거든요. 하하하, 하지만 이제 죽는 만큼 이것을 당신에게 드리고 싶습니다. 운정 도사, 운정 도사께서 꼭 살려야 하는 사람이 있다면, 이것을 통해서 살리시지요."

"……."

"그리 보지 마시지요. 승리자는 원래 패배자의 것을 다 가지는 법입니다, 운정 도사."

머혼은 운정의 손을 들어서 그것을 직접 쥐어 주었다.

＊　　　　＊　　　　＊

시간이 지남에 따라 달은 점차 기울었고, 창문을 통해 볼
수 없게 되었다.

머혼은 짙은 어둠 속에서 피어오르는 한 줄기 불빛을 바라
보았다.

그리고 그 불빛은 점차 강렬해지더니, 서서히 성 전체에 퍼
져 나가 그 안에 있는 모든 것을 태우기 시작했다.

그로 인해 그가 아는 모든 것이 재가 되었다.

그리고 그 잿더미 속에서 그는 다시 태어났다.

이 세상에 존재하는 모든 머혼은 죽었고, 그만이 살아남아
유일한 머혼이 되었다.

이제 한슨은 없고, 머혼만이 있을 뿐이었다.

머혼이 그였고, 그가 머혼이었기에.

하지만 이제는 그렇지 않다.

머혼이 너무 많다.

다섯 명이라니?

그러니 한 명 정도는 쓸쓸하게 죽어도 상관은 없을 것이다.

어차피 후회는 없다.

무언가를 이루기 위해서 산 적이 없으니, 애초에 잃을 것도
없었다.

살았기에 살았고, 죽기에 죽는다.

그런 것이다.

덜컹, 덜컹.

머혼은 놀란 눈으로 그 소리가 들린 벽면을 보았다.

희미한 어둠이 꿈틀거리고 있었다.

사신이라도 찾아온 것일까?

머혼은 눈초리를 모아 그것을 주시했다.

덜컹, 덜컹.

확실한 움직임이다.

머혼이 천천히 자리에서 일어나 그곳으로 다가갔다.

그리고 손을 뻗어서 그 벽면을 만졌다.

그 순간이었다.

쿵-!

굉음이 울리며, 벽면이 안쪽으로 뚫렸다.

자욱한 먼지가 일어나면서 머혼은 뒷걸음질을 쳤다.

그러다가 살짝 튀어나온 홈에 다리가 걸려 엉덩방아를 찧었다.

"으윽."

그가 고통 때문에 짧은 신음을 내는데, 먼지 속에서 한 사람이 걸어 나왔다.

"머혼 섭정님, 괜찮으십니까?"

그는 어둠의 마법사 막크였다.

머혼은 입을 딱 하고 벌렸다.

"너, 너……"

막크는 시익 웃더니 말했다.

"이래 봬도 도둑 길드 수장입니다. 감옥에 나 있는 비밀 통로쯤이야 제 손바닥만큼 잘 알지요."

머혼은 얼른 자리에서 일어났다.

그리고 쇠창살에 얼굴을 가져갔다.

그리고 시선을 좌우로 움직여 옥방 밖을 둘러보았다.

아무도 없었다.

머혼은 안도의 한숨을 쉬었다.

"타, 탈출할 수 있는 건가?"

막크는 엄지로 막 자기가 나온 통로를 가리켰다.

"물론이지요. 어서 따라오십시오."

막크는 먼저 그 동굴로 들어갔다.

머혼은 마른침을 삼키더니, 그를 따라갔다.

동굴은 협소했다.

만약 내전의 스트레스로 인해서 살이 빠지지 않았다면 지나가지 못했을 것이다.

그곳을 지나가며 머혼은 마음이 불같이 일어나는 것을 느꼈다.

허무함이 짙었던 만큼 그것을 먹이 삼아 타오르는 열정은 이루 말할 수 없었다.

그리고 그 열정은 그의 머리를 맹렬히 돌게 만들었다.

"지금 델로스 상황이 어떻지?"

그는 질문하면서 버릇대로 자신의 목걸이를 만졌다.

목걸이를 만지니 흥분했던 마음이 점차 이성을 되찾는 듯했다.

막크는 상황을 설명하기 시작했다.

하지만 작은 목소리로 말하니 제대로 들리진 않았다.

그런데 그때, 머혼은 얼굴이 멍해졌다.

그는 곧 고개를 숙여 아래를 보았다.

그의 오른손은 분명 그의 목걸이를 만지고 있었다.

머혼은 그 자리에 우두커니 섰다.

앞서가던 막크가 이를 눈치채고 말했다.

"…그래서 일단은 슬롯 경을… 섭정님? 갑자기 왜 그러십니까?"

머혼은 막크의 질문에도 자신의 목걸이를 뚫어지게 보았다.

그는 미소 지었다.

그의 미소에는 형용할 수 없는 공허함이 가득했다.

"아니다. 계속 말하거라."

그는 그렇게 말한 뒤 막크에게 손짓했다.

막크는 앞서 걸어가며 계속 말했고, 머혼은 묵묵히 그를 뒤따라갔다.

지금은 이상하게 막크의 말이 잘 들렸다.

상황은 생각보다 나쁘지 않았다.

아니, 오히려 좋았다.

완전히 역전할 수 있는 원대한 계획들을 세 개나 생각할 수 있었다.

하지만 그의 얼굴에 감도는 허탈감은 더욱더 깊어질 뿐이었다.

"이쪽으로 오십시오. 이 너머에 아시리스 부인께서 기다리십니다."

동굴 끝에 다다른 막크가 머혼에게 말했다.

머혼은 그 바로 앞에서 멈춰 섰다.

"내가 잘 아는데 이런 건 얼굴을 보려는 순간, 보지도 못하고 그 직전에 깨게 마련이야. 그러니 먼저 가서 대화하자고 전해 줘."

"예?"

"목걸이를 주길 잘했어. 덕분에 마지막으로 아시리스랑 대화라도 할 수 있게 되었으니. 마지막으로 베푼 선의를 신께서 이렇게 보상해 주시는군."

막크는 묘한 표정을 지었지만, 곧 앞서 나갔다.

그리고 곧 아시리스의 목소리가 동굴을 타고 들려왔다.

"여보, 괜찮아요? 얼른 이곳으로 와요."

머혼은 양손을 들었다.

그리고 자신의 얼굴을 쓸어내렸다.

그는 그 자리에 주저앉았다.

"사랑해, 아시리스."

"……."

"아이들을 잘 부탁해."

"여보……."

머혼은 눈을 감았다.

그리고 떴다.

창문을 통해서 쏟아지는 햇빛은 강렬하기 이를 데 없었다.

개운한 아침.

"머혼 백작, 이동할 시간입니다."

머혼은 고개를 돌렸다.

그는 여전히 옥방 안에 있었다.

혹시나 하여 그 벽 쪽을 보았다.

그 벽면은 그대로 있었다.

그가 중얼거렸다.

"로스부룩… 넌 꿈에서도 못 보는구나."

그는 실망한 표정으로 앞을 보았다.

쇠창살 너머로 두 은기사가 있었다.

그녀들은 모두 검을 빼 들고 머혼을 겨누고 있었다.

머혼은 자리에서 일어나며 나지막하게 말했다.

"난동 피우지 않을 테니, 그리 긴장하지 않아도 된다."

"……"

"……"

은기사들은 서로 눈을 마주쳤지만, 검을 집어넣지는 않았다.

은기사 중 한 명이 희고 넓은 두건을 꺼냈다.

그러자 머혼이 나지막하게 말했다.

"조용히 걸어갈 테니, 두건은 쓰지 않겠다. 마지막으로 가는 길을 보고 싶다."

은기사들은 또다시 눈을 마주쳤다.

한쪽이 고개를 끄덕이니, 다른 쪽은 두건을 다시 품에 넣었다.

머혼은 그녀들의 인도를 따라서 지하 감옥을 나섰다.

군부 내부.

왕궁의 복도.

유리 벽을 통해 보이는 중앙 정원.

그 모든 것이 아름답기만 했다.

지금까지는 보지도, 느끼지도 못한 것들이다.

아시리스나 운정은 아마 매일같이 봐 왔을 것이다.

이젠 그 아름다움을 더 이상 볼 수 없다는 생각이 마음속에 강하게 들어찼다.

머혼은 고개를 숙이고 눈을 감아 버렸다.

더 이상 그것들을 볼 용기가 없었다.

그가 멈춰 섰다.

"이제 씌워 주게. 그 두건."

은기사들은 영문을 모르겠다는 듯 머혼을 보았지만, 머혼은 눈을 감은 채 가만히 서 있었다.

은기사들은 그의 요구 대로 얼굴에 두건을 씌워 주었다.

머혼은 조용히 양팔을 내밀었다.

은기사들은 그를 붙들고 걸어갔다.

흰색 두건 사이로 비치는 희미한 광경은 그나마 덜 아름다웠다.

뚜벅, 뚜벅, 턱, 턱.

발에서 느껴지는 느낌이 달라진 것을 보니, 왕궁을 나선 듯했다.

웅성웅성, 웅성웅성.

사람들의 목소리가 들리는 것을 보니, 광장까지 나왔나 보다.

끼이익, 끼이익.

한 발, 한 발 올려놓을 때마다 나무판자가 밟히는 소리가 들리는 걸 보니, 처형장에 올라왔나 보다.

누군가 두건을 벗겼다.

상쾌한 공기와 밝은 빛이 갑자기 얼굴에 쏟아졌다.

"으. 으으."

마치 물속에서부터 빠져나온 듯, 엄습하는 현실감이 정신을 뒤흔들어 놓았다.

수없이 많은 소리가 들린다.

사람들의 말소리.

처형인의 숨소리.

진행자의 고함 소리.

하지만 제정신을 차릴 수 없었던 그에게는 어느 것 하나 들려오지 않았다.

타오르는 듯한 햇빛 아래.

세상은 델로스의 시민들로 가득했다.

그리고 한쪽에 마련된 귀족석.

중앙에 있는 애들레이드 여왕의 분노 어린 눈빛이 보였다.

그 오른쪽에서는 렉크 백작이 냉정한 눈빛으로 그를 보고 있었다.

또 그 오른쪽에는 소로우 백(자)작이 눈을 감고 있었다.

또 그 오른쪽에는…….

쿵.

누군가 머혼의 무릎 뒤를 찼다.

그러자 머혼은 자기도 모르게 무릎을 꿇었다.

그의 앞에는 나무판자가 세워져 있었고, 그 나무판자에는 반월 모양의 홈 하나가 패여 있었다.

머혼은 고개를 다시 들었다.

그때, 애들레이드가 차마 더 보지 못하겠는지 고개를 돌렸다.

그녀의 왼쪽에는 아시스가 고개를 숙이고 눈물을 참아 내고 있었다.

그리고 그 왼쪽의 의자는 비어 있었다.

그 왼쪽에는 운정이 안타깝다는 눈길로 그를 보고 있었다.

그리고 그 왼쪽……

"으윽."

누군가 머혼의 뒷머리를 강하게 잡았다. 그리고 그대로 잡아당겨 반월 모양의 홈으로 가져갔다.

그 강압적인 이끌림에 시야가 흐려졌다.

그 와중에 군중 속에 있는 많은 사람들이 스치듯 보였다.

욕설을 내뱉는 노인.

입을 가리고 있는 중년 부인.

덤덤하게 바라보는 청년.

눈을 꼭 감고 있는 어린아이.

그리고 한슨.

미끌어지듯 내려가던 머혼의 두 눈동자는 한슨에게 고정되어 움직이지 않았다.

그러자 그의 머리를 붙잡은 손길이 더욱 강해졌다.

머혼은 필사적으로 저항했다.

그러면서 한슨을 뚫어지게 보았다.

한슨의 눈빛은 분노와 복수심이 가득했다.

머혼은 고개를 양옆으로 살짝 흔들었다.

그리고 포근한 미소를 지어 보였다.

그 순간 처형인의 칼이 떨어지고, 머혼의 목이 잘렸다.

피가 분수처럼 뿜어지고, 그의 얼굴이 몸에서 떨어져 나왔다.

데굴데굴 구르더니, 귀족석을 향한 채로 멈춰 섰다.

"……"

"……"

"……"

모두가 숨을 죽인 가운데, 머혼의 얼굴은 따뜻하게 웃고 있었다.

머혼이 처형된 당일은 어떤 공식적인 행사도 진행되지 않았다. 한때나마 델라이를 다스렸던 머혼에 대한 예우였다.

그 이후로는 눈코 뜰 새 없이 바쁘게 돌아갔다. 그다음 날 열린 의회에서 여왕의 즉위식을 삼 일 뒤로 잡았기 때문에, 그 전에 모든 것을 정리해야 했기 때문이다.

첫날에는 애들레이드 왕비가 여왕이 되었다는 소식을 파인 랜드 전역에 알리고 즉위식을 위해 귀빈들을 초대하는 일이 진행되었다. 그와 동시에 세 명이 정식으로 델라이의 백작으로 임명되었다.

첫 번째는 당연하지만 애들레이드 즉위의 일등 공신인 운정이었다.

그는 처음엔 거부했지만 애들레이드는 끝까지 고집했고, 때문에 영토가 없는 명예직으로서의 자리만을 받겠다 했다. 난생처음 자신의 성을 가지게 된 운정은 그것을 태극(Taiji)의 공용어 발음인 타이지로 지었다.

애들레이드는 이에 그치지 않고 신무당파를 델라이의 최고 기사단으로 임명하여, 그 정식 제자들에게 모두 자작에 견줄 수 있는 작위를 약속했으며, 또한 그들에게 심판권을 허락하여 과거 흑기사단이 가졌던 것과 비슷한 수준의 권한을 가지게 해 주었다.

두 번째는 과거 머혼 백작에 뒤를 이어, 새로운 머혼이 된 아시스였다.

그녀는 공식적으로 여백작(Countess)이 되었는데, 이는 델라이의 역사상 손에 꼽는 일이었다. 하지만 그 위에 여왕이 세워졌으니, 여자가 백작의 작위를 가진 것에 불만을 품는 이는 감히 없었다.

그녀는 작위를 포함하여 머혼의 모든 것을 상속받았다. 고폰과 머혼 기사단은 물론이고 르아뷔와 하녀장 퀼른까지도 군말 없이 그녀를 머혼가의 주인으로 인정했다. 그녀가 자신의 아버지와 척을 지고 결국 형장까지 몰았지만, 그것이 머혼의 방식임을 머혼가의 사람은 모두 알고 있었다. 애초에 그들 중 한슨을 상속자라고 생각했던 인물이 없었기에, 이 일은 순탄했다.

아시스가 물려받지 못한 유일한 것은 바로 로튼이었다. 머혼의 호위 기사로 언제나 머혼의 신변을 책임지며, 파인랜드 최강의 기사로 이름 높은 슬롯과 견주어도 밀리지 않는 실력을 지녔다고 알려진 그가 떠날 때, 아시스는 자신을 섬겨 달라 간곡히 부탁했다. 그러나 그는 자신의 충성은 오로지 머혼 개인을 향한 것이었으며, 머혼이 죽은 이상 자유가 되었다고 선언했다.

이후 로튼은 신무당파의 제자가 되어서 신무당파의 무공을 익혔다. 그러나 그의 속내가 시아스를 향해 있다는 것을 모르는 사람은 아무도 없었다.

그리고 마지막으로 백작이 된 것은 소로우 자작이었다. 처음 자작으로 귀족이 된 아버지의 오랜 염원을 이룬 소로우는 백작의 자리에 정식으로 올랐을 때에 눈물을 숨기지 못했다.

애들레이드는 중간에 돌아선 그를 매우 탐탁지 않게 생각했지만, 렉크는 그처럼 젊은 인재가 드물다며 그를 옹호했다. 그리고 오히려 그에게 권력을 실어 주어서 그를 중심으로 귀족 정치를 해 나가는 것이 좋을 것이라 조언했다.

때문에 소로우는 단순히 백작으로 임명되는 것에서 더 나아가, 의회장을 이끄는 의회원장이 되었다. 의회를 진행한다는 것 자체에는 권력이 없지만, 자신의 언변을 십분 발휘하여 은연중에 영향력을 행사하는 것이 가능하기 때문에 의회장이 된다는 것은 권력의 핵심으로 올라왔다는 가장 큰 증거였다.

그는 과거 머혼처럼 거처를 아예 델로스로 옮겨 버렸다. 그리고 가신에게 소로우 영지의 대리 통치를 맡겼다. 영지민과 영지를 끔찍이 생각하는 그가 두 번 생각하지 않을 정도로 신뢰하는 사람이었다.

첫 번째 날이 공로가 있는 자들에게 상을 주는 날이었다면, 두 번째 날은 죄과가 있는 자들에게 벌을 주는 날이었다.

첫째로 슬롯를 비롯한 흑기사들 모두 단전에서 혈마석을 제거당했다. 강제적으로 마공을 제거당하니, 마치 단전을 잃어버린 무림인처럼 그들의 무위는 한없이 떨어졌고 몇몇은 급격한 노화로 인해서 검을 들 수조차 없게 되었다. 슬롯이 바로 이 경우로, 그는 거의 환갑이 다 된 노인처럼 늙어 앞으로 평생 침상 신세를 면키 어려워 보였다. 흑기사단은 공식적으로 해체되었고, 그들의 권한과 권리 대부분은 신무당파로 넘어갔다.

그들 중 직위가 유지된 이들은 바로 아시스의 인품과 신무당파의 가르침에 반해 따랐던 세 기사들뿐이었다. 그들의 이름은 하냐, 미사, 벤느고로 흑기사 중에서 가장 무위가 약했고 언제나 활약이 적던 이들이었다. 때문에 그 안에서 은근히 따돌림을 당하기도 했었는데, 그런 그들이 강해진 것을 보며 수많은 흑기사들은 크게 후회했다.

둘째로는 로드윈 백작과 린덴 백작이었다. 이들은 머혼이 귀족들을 다스릴 때 수족처럼 부렸던 자들로 의회에서 선동을 하던 이들이었다. 그들에겐 특별한 죄과가 없었기에 이렇다 할 벌을 내릴 수는 없었지만, 렉크가 그들과 한 번씩 독대하고 나니 둘 다 의회원의 자리를 내려놓게 되었다. 렉크가 무슨 말로 그들을 압박했는지는 아무도 알 수 없었다.

셋째로는 테라 학파였다. 그들은 빛의 학파이기도 하고 또한 범국가적인 단체이기 때문에 델라이에서 명분 없이 건드릴 수는 없는 상대였다. 하지만 신무당파가 델라이의 기사단으로 정식 임명되는 순간부터는 이야기가 달랐다.

애들레이드는 우선 공식적인 루트를 통해 테라 학파에 즉각 항의했다. 테라 학파는 계약을 어긴 것과 신무당파 제자의 숲을 무단으로 파괴한 것에 대해 사과했으며, 이후 신무당파와 맺은 계약을 이행할 것과 늪지대를 다시 숲으로 만드는 데 전념을 다할 것임을 약속했다.

이는 델라이의 눈치가 보인 것도 있지만, 운정이 보여 주었던 신위로 인해서 모든 마법사들이 마음속에 깊은 두려움을 가지게 되었던 탓이 컸다. 그들은 그날 즉시 마법사들을 파견하여 신무당파의 건물에 걸린 주문을 갱신했으며, 또 땅을 개간하여 늪지대가 숲으로 변할 수 있는 기틀을 마련하는 마법을 시행했다. 이 모든 것을 확인한 운정은 데란을 죽인 그날, 신무당파에 억류했던 마법사를 특별히 풀어 주었고, 대신 일이 엇나갈 경우 더욱더 강한 행동에 나서겠다는 경고를 잊지 않았다.

네 번째로는 어둠의 마법사인 막크였다. 그에게는 델라이 역사상 가장 높은 현상금이 걸렸고, 그가 마스터로 있는 도둑 길드에도 이례적일 정도로 높은 현상금이 걸렸다. 이에 델로스의 만연했던 음지 세력들은 모조리 꼬리를 감추고 숨어버렸다. 나중에는 모르지만, 당장은 모두 숨을 죽이고 그림자조차 내비치지 않았다.

셋째 날에는 그 외의 관계에 대해서 정리했다.

첫 번째로는 케네스 왕국을 선포한 욘토르였다. 그는 내전에서 패배한 반대파 귀족들에게 쉴 곳을 제공했고, 또 렉크를 보호한 공을 인정받아서 케네스 군도 전체를 다스릴 수 있는 권한을 받았다. 애들레이드는 이를 델라이에 부속하는 케네스 자치령으로 선포하였다.

문제는 욘토르가 이미 케네스 군도를 왕국으로 선포했다는 점이다. 하지만 그가 처음 세력을 얻은 것은 어디까지나 머혼 섭정의 정당성을 인정하지 않았기 때문이기에 애들레이드 여왕이 통치를 하게 된 지금은 입지를 많이 잃은 상태였다.

때문에 욘토르도 자신 있게 케네스 왕국을 독립국으로 선포할 수 없었다. 그는 렉크와 케네스 군도의 도주들과 상의한 끝에 독립국임을 포기하고 자치령의 입장을 받아들였다. 거기에는 애들레이드 여왕이 렉크의 여식이었다는 점이 가장 크게 작용했다.

두 번째로는 소론과의 관계였다. 델라이는 다른 왕국이나 제국이 다시금 소론을 침공하기 전에 빠르게 델라이의 자치령 아래로 두어야 했다.

이에 애들레이드는 소론 왕에게 델라이의 자치령이 되어 달라 부탁했고, 소론 왕은 그날로 동의했다. 이로 인해 그 두 국가는 이전의 관계로 돌아갔다. 두 통치자의 사인이 담긴 공문은 빠르게 사랑교에 제출되었으며, 이에 그들의 관계는 공식적으로 회복되었다.

세 번째로는 머혼파의 귀족과 반대파 귀족에 관한 처우였다. 애들레이드는 그녀가 약속한 그대로를 이행했다. 머혼을 따랐던 귀족들이 내전으로 얻은 영토를 다시 내놓기만 한다면 그 이상으로 어떠한 부당한 대우를 할 수 없다고 선언했다. 반대파 귀족들 또한 본래 영지를 다시 받는다면, 내전으로 일어난 어떠한 사건에 대해서도 왈가왈부하지 않기로 약조했다.

하지만 그냥 넘어가기에는 피해가 막중했다. 누구는 아버지를 잃었고, 누구는 자식을 잃었으며, 누구는 성이 불탔으며, 누구는 도시가 풍비박산 났다. 애들레이드는 국고를 내놓아 그들을 돕겠다고 했고, 이에 양심에 찔리거나 무언의 압박을 느낀 머혼파 귀족들은 여왕을 따라 자신들의 재산 중 일부를 내놓겠다고 선언했다.

이로써 그들 간의 갈등은 일단락되었다. 하지만 심적으로 그 상처가 아물기 위해서 얼마나 많은 세대를 거쳐야 하는지는 그 누구도 짐작할 수 없었다. 다들 웃으며 악수는 했지만 마음으로는 모두 알았다. 이 피비린내 나는 역사는 반드시 반대파 귀족들의 마음속 깊이 남을 것이며, 또 후대의 누군가는 이 사건을 들어 전쟁의 정당성으로 이용할 것임을.

이렇게 삼 일이 순식간에 지나가고, 애들레이드 여왕의 즉위식이 거행되었다.

델로스의 모든 시민들과 델라이의 모든 귀족들은 그들의 새로운 군주를 환영했고, 수많은 나라에서 찾아온 귀빈들은 이 역사적인 날을 축하했다.

애들레이드는 델라이 왕궁 알현실의 왕좌 앞에서 공손히 무릎을 꿇었다.

그리고 그 왕좌 앞에서 프란시스 대주교는 길고 긴 즉위문을 읽어 내려갔다.

운정은 알현실 이 층에 선 채로 즉위식에 참석한 귀족들과 귀빈들을 주시하고 있었다. 그들 중 악의를 품는 자는 없어 보였다.

탁.

운정은 옆에서 들린 소리에 고개를 돌렸다.

그곳에는 막 공간이동을 통해 나타난 스페라가 있었다.

"다행이네, 안 늦었어."

운정이 말했다.

"여행은 잘 다녀오셨습니까, 스페라?"

그녀는 지하 감옥에서 나오고 나서, 자기를 죽이려 했던 막크와 흑기사 및 머혼까지 모조리 불태우겠다고 길길이 날뛰었다. 운정은 그녀를 겨우 말리는 데 성공했지만, 계속 델라이에 있다가는 화병이 나서 안 되겠다며 잠깐 자리를 비우겠다고 했던 그녀였다.

그런데 4일이 지나고 이제야 나타난 것이다.

스페라는 고개를 끄덕이며 팔짱을 끼고는 애들레이드를 내려다보았다.

"응."

단답형의 대답이었지만 묘한 여운이 느껴졌다.

운정이 말했다.

"어디를 다녀오셨습니까?"

스페라는 나지막하게 대답했다.

"머혼 저택."

"예?"

"델로스에 있는 거 말고. 원래 제국에 있던 거 말이야. 왜, 내가 완전히 불태웠던 거."

"아."

"머혼 얼굴 보고 마지막 인사 하면 진짜 그 자리에서 모조리 잿더미로 만들어 버렸을 테니까… 그래서 거기 가서 하고 왔어."

운정은 순간 그녀가 하고 왔다는 것이, 인사인지 아니면 불태우는 것인지 묻고 싶어졌다. 하지만 그녀의 얼굴을 보니, 이미 답은 나와 있었다.

운정이 말했다.

"마나를 많이 썼겠군요."

"응. 안 그래도 HDMMC에 있다 오는 길이야. 제갈극이 너 좀 보자는데?"

운정이 고개를 끄덕였다.

"공부가 끝났나 보군요. 즉위식이 끝나는 대로 가야겠습니다."

스페라는 고개를 끄덕이더니, 그 자리에 있는 귀빈들을 훑어보았다.

그러더니 툭 하니 말했다.

"역시 제국의 인사들은 없네. 하기야 지금 상황에는 못 오겠지."

그러고 보니 천년제국에선 아무도 오지 않았다.

운정은 그 말에 의문이 들었다.

"무슨 뜻입니까?"

스페라는 운정을 보더니 눈을 동그랗게 떴다.

"몰라? 천년제국 전체가 떠들썩하던데? 내가 있던 곳은 롬에서 꽤 거리가 되는 곳인데도 거기 사람들도 다 알 정도로."

"델라이의 일을 처리하느라고 소식을 전해 듣지 못했습니다. 무슨 일이라도 있습니까?"

스페라는 툭 하니 대답했다.

"반란이 일어났어."

"반란?"

"노예 기사들의 반란. 어? 끝났나 보다. 왕관을 씌워 주네!"

그녀 말대로 프란시스가 막 왕관을 들어서 애들레이드의 머리 위에 씌워 주고 있었다.

모두가 박수를 치는 와중에 운정의 표정은 퍼질 줄 몰랐다. 그가 중얼거렸다.

"노예 기사라⋯⋯."

즉위식은 정오에 모두 끝났다.

나라에 흔히 있지 않는 큰 경사인 만큼 며칠은 계속되어야 하건만, 애들레이드는 그날로 모든 행사를 종결했다. 그리고 일이 많다는 이유로 각국에서 보낸 귀빈들을 모두 돌려보냈다.

귀빈들이 즉위식에 찾아온 것은 단순히 그녀를 축하해 주기만을 위해서는 아니다. 그들이 온 이유는 새로운 여왕과 관계를 다지는 것으로 외교 관계를 형성하기 위함이다. 이에 애들레이드는 왕의 집무실을 적극적으로 이용하여, 쭉 사람을 세워 놓고는 한 사람씩 독대하는 형태로 만났다.

그러다 보니 가벼운 마음으로 얼굴도장이나 찍으러 온 사람들은 얼굴만 비추고 먼저 떠났다. 그리고 크게 중요한 안건이 없는 사람들도 몇 마디 말만 나누고는 헤어졌다. 때문에 NSMC는 해가 질 때까지 쉴 틈이 없이 운영되었다.

저녁 식사 시간이 다다랐을 쯤, 말 많은 토레이 사신을 내

보낸 애들레이드는 피곤한 기색을 감추지 못했다.

이에 그녀 오른편에 앉아 있던 렉크는 민트 차를 마시더니 말했다.

"조금만 참거라."

애들레이드는 고개를 도리도리 흔들었다.

"지난 삼 일 동안 잠도 거의 못 잤어요. 대체 언제 쉬라는 거죠?"

"곧 쉴 수 있을 거다. 이틀은 내버려 둘 테니까, 좀만 힘을 내자, 타이지 백작?"

그의 맞은편에 앉았던 운정은 한 박자 늦게 고개를 끄덕였다. 그 이름을 아무리 들어도 적응이 안 됐다.

그는 자리에서 일어나 집무실 방문으로 갔다. 그리고 문을 열고 다음 사람을 보았다.

"어머? 안녕하세요? 운정 도사님, 아니, 이제는 타이지 백작님이로군요. 맞죠? 전 미에느 조프르아 라마시에스라 해요."

운정은 미소를 지으며 고개를 숙여 보였다.

"라마에시스에서 귀한 분이 오셨군요. 제자에게 말씀 많이 들었습니다. 들어오십시오."

미에느는 당당한 걸음으로 애들레이드의 맞은편 멀리 앉았다.

애들레이드가 말했다.

"환영한다, 미에느 공주. 공주가 직접 올 줄은 몰랐다."

하루 종일 하대하다 보니, 꽤나 익숙해져 있었다. 하지만 그 깊숙이 숨겨져 있는 작은 어색함을 모를 미에느가 아니었다.

미에느의 웃음이 더욱 깊어졌다.

"브리타니 백작께서 오신다는 걸 만류하고 제가 왔습니다. 그나저나 굉장히 효율적이군요. 각종 행사를 모두 파하시고 이런 집무실에서 손님들을 만나다니요. 너무 노골적인 것 아닙니까?"

"델라이는 내전으로 인해 상황이 좋지만은 않다. 사치를 부릴 때가 있고 부리지 않아야 할 때가 있지 않은가?"

미에느는 잠시 눈길을 돌려 렉크를 보았다.

렉크는 찻잔을 입에 가져간 채 차를 마시고 있을 뿐 별다른 말을 하지 않고 미에느를 바라볼 뿐이었다.

그녀는 다시 애들레이드를 보았다.

"격식을 이리도 싫어하시니 저도 결례를 무릅쓰고 단도직입적으로 이야기를 꺼내고 싶은데, 그래도 될는지요?"

애들레이드가 고개를 끄덕였다.

"좋다. 얼마든지 말하라."

그녀가 말했다.

"천년제국 수도인 롬에서 반란이 일어났다는 소식은 이미 아실 겁니다. 최대한 숨기고 있지만, 숨겨질 게 아니지요."

그 말에 애들레이드와 렉크는 운정을 한 번 흘겨보았다.

그것은 스페라를 통해서 처음 이야기를 들었었고, 정보원들을 통해 어느 정도 확인한 사실이었다.

렉크는 다시 눈길을 내려 차를 향했고, 애들레이드는 미에느에게 말했다.

"안 그래도 천년제국에서 아무도 손님을 보내지 않아서 의아하던 참이다. 황제의 의동생인 머혼 백작을 처형했기에 혹여나 황제가 노하였나 했지."

미에느는 고개를 저었다.

"그럴 여유도 없을 거예요. 게다가 노했다면 오히려 손님을 보내서 정식으로 항의하거나 경고했겠지요. 제가 봤을 땐, 꽤나 상황이 심각해서 사람 하나 보낼 수 없는 것이 아닌가 해요. 예를 들자면 공간이동을 포함한 모든 마법적 수단들이 작동하지 않는 정도?"

그 정도라면 롬 전체가 노매직존으로 뒤덮여 도시의 모든 곳이 전장이 된 수준이다.

애들레이드가 되물었다.

"그렇게 심각한가? 델라이에선 아는 바가 많지 않다."

미에느가 고개를 끄덕였다.

"마법적인 의사소통이 불가능해서, 아직까진 천년제국 내에서만 시끄러운 걸로 알고 있어요. 그러나 곧 파인랜드 전체가 알게 되겠지요."

"……"

애들레이드는 더 이상 무슨 말을 해야 할지 알 수 없어, 렉크의 눈치를 살폈다.

사실 지금까지 능청스럽게 받아친 것만으로도 그녀로서는 크게 선방한 것이다.

렉크는 도움을 요청하는 딸의 눈빛에 작은 미소를 한 번 짓고는 찻잔을 내려놓았다. 그리고 미에느를 바라보며 말했다.

"천년제국에서… 그것도 제국의 수도인 롬에서 반란이라. 글쎄, 그게 과연 정말 가능합니까? 거짓 정보가 아닌가 하는 의심도 드는군요."

미에느는 렉크에게 고개를 돌리더니 말했다.

"델라이에 내전이 발발하면서 우리 모두에게 한 가지 가르쳐 준 사실이 있어요. 그것이 무엇인지 아시나요?"

"무엇입니까?"

"바로 내전에는 미티어 스트라이크가 무용지물이라는 점이에요."

"……"

"자국의 도시에 미티어 스트라이크 마법을 시전해서 쑥대밭으로 만들면 내전에서 승리해도 승리하는 의미가 없어지죠.

이는 사실 생각해 보면 너무나 당연한 사실이에요. 하지만 다들 그 현실을 보고 나서야 깨달은 거예요. 미티어 스트라이크의 전쟁 억제력은 내전까지 미치지 못한다는… 아주 간단한 사실을."

렉크의 두 눈이 날카로워졌다.

"때문에 롬에서도 반란이 일어날 수 있었다는 뜻입니까?"

"네. 용기를 얻은 거죠. 죄송하지만 저도 민트 차 하나 가져다 줄 수 있나요?"

몸을 돌려 하녀에게도 존대를 한 그녀는 다시 몸을 돌려 렉크를 보았다.

하녀는 바로 민트 차를 준비해서 미에느 앞에 두었다.

렉크가 말했다.

"용기를 얻었다. 흐음……."

미에느는 렉크의 말끝에 자신의 말을 덧붙였다.

"아무것도 아닌 것 같지만 중요한 것이죠. 모두의 마음에 불을 지피는 것은요. 모두들 될까? 될까? 의문만 가득한 상태에서 갑자기 된다! 된다! 이렇게 변해 버리는 것이잖아요? 스읍. 맛있네요. 어디 것이죠?"

렉크가 말했다.

"중원에서 들여온 차를 조금 섞은 것입니다, 미에느 공주. 선왕이 좋아했던 레시피지요."

"아하, 벌써 찻잎까지 교류할 정도로 외교 관계가 깊어졌군요."

렉크는 몸을 앞으로 하며 말했다.

"그래서? 미에느 공주께서 단순히 이 소식을 전해 주고자 이 늦은 시간까지 기다린 것은 아니라고 생각합니다. 아까 말씀하셨던 것처럼 단도직입적으로 말씀하시지요."

"이쯤 말했으면 거의 단도직입적으로 말한 것 아니겠습니까?"

애들레이드와 운정은 서로를 보았다. 미에느의 의도를 잘 알 수 없었기 때문이다.

하지만 렉크는 알아들었다는 듯 몸을 뒤로 편안히 했다.

"반란 세력을 후원하자는 말이로군요."

"가능하면 지원까지도, 스읍."

"과연."

미에느가 소리를 내며 차를 마시니, 애들레이드의 표정이 살짝 찌푸려졌다. 차를 마실 때 소리를 내지 않는 것이 다도의 기본 중 기본이었기 때문이다.

하지만 미에느는 이에 전혀 신경 쓰지 않는다는 듯 말을 이었다.

"오늘의 적이 내일의 아군이 되기도 하고 오늘의 아군이 내일의 적이 되기도 하는 것이 외교 아니겠습니까, 렉크 백작님.

잘 생각해 주시지요."

"다른 사왕국의 생각은 어떻습니까? 우리한테만 말씀하시는 게 아닐 텐데요."

미에느는 어깨를 한 번 올렸다 내렸다.

"소론에서 당한 일에 다들 분해하긴 합니다만, 실질적인 피해가 없었던 만큼 복수심으로 이어지고 있진 않습니다. 오히려 그토록 창의적인 수로 전쟁을 막은 델라이와 함께라면, 괜찮지 않을까 하는 분위기입니다. 뭐, 엄연히 제 짐작입니다만."

"……."

"때문에 델라이에서 거절하면 반란 세력을 지원하는 일 자체가 무산될 가능성이 큽니다. 그렇기에 제가 직접 와 늦게까지 기다린 것이고, 맛없는 차를 맛있는 척하며 아부하는 것이지요."

미에느는 마지막 말을 하며 애들레이드를 보며 눈웃음쳤다.

이에 애들레이드는 웃음을 참지 못했다가 곧 입을 가리고는 민망한 표정을 지었다.

그러나 렉크의 표정은 일절 변화가 없었다.

그가 말했다.

"책을 잡히지 않으려면 은밀히 해야 하는 것은 물론 서로 간의 신뢰가 있어야 합니다, 공주."

"저를 한번 믿어 보시지요, 렉크 백작님. 소론에서의 일 이후로, 전 델라이와 척을 지기보다는 아군으로 함께 가는 것이 좋겠다는 판단이 섰습니다. 그리고 신무당파가 델라이에 있는한, 그 믿음은 변하지 않을 겁니다. 그러니 저를 믿고 제게 이일을 맡겨 주십시오."

렉크는 슬쩍 운정을 보았다.

그녀가 하는 말이 진심인지를 묻는 것이었다.

운정은 고개를 살짝 끄덕임으로, 그녀가 진실을 말했다는걸 알려 주었다.

렉크는 애들레이드에게 시선을 옮겼다.

애들레이드도 고개를 한 번 끄덕였다.

그제야 렉크는 다시 미에느를 보았다.

"아까 말했듯이 델라이는 지금 재정이 빠듯한 상황입니다. 따라서 그 일이 진행된다 할지라도 재정적인 지원은 불가합니다."

"걱정 마십시오. 제가 델라이에 바라는 것은 재정적인 지원이 아닙니다."

미에느는 고개를 돌려 운정을 보았다.

렉크는 다리를 슬쩍 꼬더니 말했다.

"논의를 해 봐야겠군요. 답은 언제까지 드리면 되겠습니까?"

미에느는 갑자기 자리에서 일어났다.

"빠르면 빠를수록 좋습니다."

그 말을 끝으로 확 돌아서는 그녀의 뒷모습에선 묘한 여운까지 느껴졌다.

렉크는 그녀의 완벽한 화술에 감탄했지만, 겉으로 티 내지 않았다.

이에 운정도 자리에서 일어나서 그녀를 문까지 안내했다. 그러자 미에느는 치맛자락을 잡으며 예의 있게 인사해 보이고는, 렉크와 애들레이드를 한 번씩 바라보며 말을 이었다.

"그럼 좋은 밤 되십시오, 렉크 백작님, 애들레이드 여왕님, 그리고 타이지 백작님."

렉크는 고개를 살짝 숙였다.

"곧 연락하겠습니다."

애들레이드도 고개를 숙였다.

"안녕히 돌아가십시오."

미에느는 미련 없이 돌아섰다.

문이 닫히자, 애들레이드가 렉크의 팔을 확 붙잡더니 말했다.

"너무 멋있어요! 익히 소문은 들었지만 정말 같은 여자로서 너무 대단한 거 같아요! 나이도 저보다 한참 어린데."

렉크는 금세 따뜻한 눈빛으로 애들레이드를 바라보더니, 그녀의 머리를 한 번 쓰다듬으며 말했다.

"걱정 마라. 네게도 재능이 있다. 요 며칠 새에 벌써 위엄이 보이기 시작했으니. 더 빠르게 늘리려면 나한테도 하대하는 것이 좋을 거다."

애들레이드는 입술을 삐죽이더니 말했다.

"또 그 소리. 싫어요, 아버지. 행여나 나한테 경어를 쓰기만 해 봐요!"

"하하하."

렉크의 웃음 속에는 순수한 행복이 있었다.

운정은 다시 자리에 착석하더니 말했다.

"손님은 더 이상 없는 것 같습니다. 이젠 쉬셔도 될 듯합니다."

애들레이드는 기지개를 켜면서 중얼거렸다.

"하아, 좋네요. 드디어 푹 잘 수 있겠어. 그나저나 그녀는 왜 굳이 끝 순서에 들어온 것일까요? 라마에시스의 공주이니 어느 때나 들어와도 괜찮았을 텐데?"

렉크는 고개를 크게 끄덕이며 말했다.

"아주 좋은 질문이다. 그런 놓치기 쉬운 것 하나하나 질문하는 습관을 들이면 넌 분명히 좋은 군주가 될 것이다. 이왕 질문을 해 냈으니, 답도 한번 스스로 내 보거라."

애들레이드는 눈을 감으며 깊은 미소를 지었다.

"너무 피곤해요, 아버지. 그냥 알려 주세요."

렉크는 딸의 어리광에 결국 그냥 말해 주었다.

"넌 오늘 수많은 사람들을 만났지. 그러니 가장 마지막에 대화하는 것이 그나마 인상을 남기는 길이다. 그래서 토레이 사신도 늦게까지 남은 것이고."

애들레이드는 자리에서 일어났다.

"흐음, 그렇군요. 전 이제 정말로 침실에 가 봐야겠어요."

렉크가 말했다.

"푹 자거라. 시급한 일은 내 선에서 모두 처리하마."

애들레이드는 연신 고개를 끄덕이며 하품하더니, 곧 집무실을 나갔다.

탁.

운정은 그녀가 나가는 모습을 지켜보다가 툭 하니 말했다.

"사적인 일에 신무당파 제자를 파견하진 않을 겁니다. 반란의 경위를 소상히 파악한 뒤, 신무당파 내부에서 행동에 나설지 말지를 결정하겠습니다."

렉크는 뭐라고 말하려고 입을 열었다가, 운정의 단호한 목소리에 다시 입을 다물었다.

신무당파는 델라이에 충성하는 기사단이 아닐뿐더러 애들레이드의 직속 기사단은 더더욱 아니다.

이는 운정이 처음부터 확실히 한 부분이었다.

렉크는 잠시 침묵하다가 나지막하게 말했다.

"알겠네. 상황을 자세히 파악한 뒤, 전달하지."

"혹시 제게 더 말씀하실 것이 없다면 저도 가 보겠습니다."

"같이 나가지."

렉크와 운정은 동시에 일어나 집무실 밖으로 나갔다. 애들레이드는 급히 침실로 갔는지 이미 사라지고 없었다.

둘 사이에는 복도를 걷는 동안 아무 말이 없었다. 하지만 서로 다른 길을 가야 할 순간이 되자, 렉크가 운정에게 말을 꺼냈다.

"고맙네. 약속을 지켜 주어서."

"……."

"평생 갚아도 갚지 못할 은혜를 입었군."

"아닙니다."

"좋은 밤 되시게."

렉크는 간단히 인사하고는 몸을 돌려 멀어졌다.

운정은 그를 물끄러미 바라보다가, 이내 제운종을 펼쳐 신무당파로 향했다.

그리고 얼마 지나지 않아 그 앞에 도착했다.

신무당파 건물에는 전에 있었던 균열이 완전히 사라져 있었다.

테라 학파에서 제대로 건설 주문들을 갱신한 듯싶었다.

그는 그 즉시 공간이동진에 갔다.

그리고 그를 통해 카이랄로 공간이동했다.

그가 중앙 나무 안에 도착하자, 그 즉시 옆에서 고함이 들렸다.

"需要這麼長時間(왜 이리 오래 걸린 것이냐)!"

第一百二章

제갈극은 팔짱을 끼고 뚱한 표정으로 운정을 바라보았다. 꽤나 화가 난 표정을 짓고 있는 것이 이곳에서 죽치고 기다리고 있던 것 같았다.

운정이 말했다.

"여왕의 즉위식 이후 많은 인사들을 만나야 했습니다. 스페라 스승님께 듣자 하니, 저를 뵙고 싶다고 하셨다고요."

제갈극은 혀를 한 번 차더니, 말했다.

"소환 마법에 대한 공부가 끝났느니라. 이제 중원으로 돌아가서 정채린의 몸에 봉인된 마족을 환원하려 한다."

"생각보다 시일이 앞당겨졌군요? 열흘이라 하셨던 거 같은데."

제갈극은 거만한 웃음을 지으며 말했다.

"천하에서 본좌가 가늠할 수 없는 유일한 것은 본좌 스스로의 지혜뿐이며 본좌가 계산할 수 없는 유일한 것은 본좌 스스로의 잠재력뿐이니라. 본좌가 전지(全知)의 영역에 다다르지 못함은 본좌 스스로가 이를 가로막고 있음이라. 고뇌로다, 고뇌야."

"……."

"아무튼. 이를 위해서 본좌는 중원으로 차원이동해야 하느니라."

"흐음 지금은 날이 늦었으니, 내일 델라이 왕궁에 이야기를 해 보겠습니다. 별다른 일이 없다면 바로 갈 수 있을 겁니다. 그런데 혹시 알테시스가 이곳에 있습니까?"

"지금 북쪽 HDMMC를 이용하고 있을 것이다."

"더 할 이야기가 없다면 그를 만나러 가 보겠습니다."

"내일 네가 델라이에 갈 때 함께 갔으면 하느니라. 본좌가 직접 이야기를 하면 차원이동을 하는 시일이 빨라질 수 있으니까."

"확실히 그러는 편이 좋겠군요. 알겠습니다. 그러면 9시까지 신무당파로 오십시오. 아니, 지금 가서 머무르시지요. 내일 같이 입궁합시다."

제갈극은 고개를 끄덕이고는 공간이동진 안으로 들어왔다.

그가 눈을 감고 공간이동 주문을 외우자, 그가 곧 사라졌다.

그 또한 지팡이가 없으니, 주문을 외우는 데 상당한 시간이 들어가는 듯했다.

"지팡이가 있다면 좋을 텐데……."

운정이 밖으로 나갔다.

중앙 나무 밖에는 한 엘프가 땅에서 솟아난 나무뿌리 위에 앉아 있었다.

그 엘프는 키가 허리춤까지밖에 오지 않았는데, 얼굴과 몸의 비율만 보면 다 큰 성인이었다.

특이하게도 양쪽 눈동자 색이 달랐고, 붉은색과 금색이 섞인 머리카락을 가지고 있었다. 그 머리카락에서 실프와 노움이 얼굴을 빼꼼 내밀고는 운정을 힐끔 훔쳐보았다.

운정이 그들에게 시선을 주니, 그들은 금세 머리카락 안으로 숨어들었다. 그 때문에 인기척을 느낀 그 엘프는 운정을 보았다.

그녀는 앉아 있던 나무뿌리에서 폴짝 뛰어 서서, 공손히 포권을 취했다.

"처음 뵙겠습니다, 마스터."

그녀의 얼굴은 시르퀸과 우화를 묘하게 닮아 있었다.

운정이 말했다.

"혹 시르퀸과 우화의 자식이더냐?"

그 엘프는 쾌활한 미소를 지었다.

"맞습니다. 어머니들의 첫 열매이자 첫 디사이더로 태어났죠. 마스터에 대한 이야기는 많이 들었어요."

운정은 신선한 충격을 받았다.

엘프는 언제나 그랬지만.

할 말을 선뜻 떠올리지 못한 그가 되는대로 물었다.

"그렇구나. 이름은 어떻게 되느냐?"

그 엘프는 고개를 저었다.

"이름은 없어요. 어차피 전 곧 죽을 테니까요."

"뭐라고?"

그 엘프는 손을 들어서 자신의 머리를 톡톡 쳤다.

"짧으면 일주일? 길면 한 달이에요. 아무래도 첫 열매다 보니, 영양분 조절을 잘못하셔서 불완전하게 태어났거든요."

운정은 잠시 말이 없다가 이내 나지막하게 말했다.

"그럼 나라도 이름을 지어 주어도 괜찮겠느냐?"

그 엘프는 고개를 흔들었다.

"안 그래도 두 어머니께서는 제게 이름을 지어 주시려고 했는데, 제가 거절했어요."

"왜?"

"어차피 곧 죽을 제게 이름을 지어 주어서 정을 낭비하시면, 앞으로 두 분께서 일족을 꾸려 나가는 데 도움이 되지 않을 거니까요. 그러니 마스터께서도 제게 정을 두지 마시길."

그 엘프는 방긋 웃으며 고개를 살짝 숙였다.

예전이라면 분명 이해하지 못했을 것이다.

운정은 그녀와 시선을 마주치며 말했다.

"과연, 디사이더로구나."

그 엘프는 상체를 일으키더니 양손을 모았다.

"칭찬 감사합니다. 기분이 좋네요."

운정은 그 엘프의 요구대로 최대한 덤덤하게 물었다.

"그래, 어쩐 일로 온 것이냐?"

그 엘프가 대답했다.

"어머니들께서 신무당파에서 필요로 하는 엘리멘탈의 씨앗을 드리라고 했어요. 바르쿠으르를 지켜 주셔서 고맙다고. 여기, 받으시기를."

그녀는 허리춤에 가져온 주머니에서 두 개의 열매를 꺼냈다. 각각의 열매에는 실프와 노움의 씨앗이 잠들어 있었다.

운정은 그것을 받으며 말했다.

"신무당파는 앞으로도 계속 바르쿠으르를 지킬 것이다."

그 엘프는 웃었다.

"그리고 저희는 언제나 엘리멘탈의 알을 공급해 드릴 겁니다. 그나저나 어머니들께서 물어보셨어요. 이 두 열매는 누구를 위해 쓰시는지 궁금하다는군요."

"시아스다. 그녀는 정식 제자임에도 아직 엘리멘탈이 없으니까."

"아하, 그렇군요. 알겠습니다. 답을 전해 드리지요. 아 그리고 또 더 필요한 양을 말씀해 주시면, 원하시는 시일에 맞춰서 또 가져다 드리겠습니다."

운정은 옅은 웃음을 지었다.

"현재로서는 없다."

그 엘프는 고개를 숙이며 포권을 취했다.

"그럼 가 보겠습니다. 죽기 전 또 뵐 수 있었으면 좋겠군요."

운정이 뭐라 하기도 전에, 그 엘프는 축복을 받아 사라졌다.

그녀와의 만남은 너무나 비현실적이어서 잠깐 꿈이라도 꾼 듯했다.

손에 쥐고 있는 두 개의 엘리멘탈 알을 보고 나서야 현실임을 겨우 알 수 있었다.

운정은 잠시 그것을 바라보다가 품에 넣었다.

그는 북쪽에 있는 HDMMC로 갔다. 그것은 한창 운용 중에 있었는데, 알테시스가 스스로의 수준을 높이기 위해서 사용하고 있는 듯했다.

운정은 그의 공부를 방해하고 싶지 않아, 그 앞에서 가부좌를 틀고 기다렸다.

얼마나 지났을까?

운정은 인기척을 느끼고 자리에서 일어났다.

알테시스는 벽을 짚으며 거의 기어 나오듯 HDMMC에서 나왔다. 눈가는 퀭했고, 얼굴빛은 매우 어두웠다.

그는 운정을 발견하더니 말했다.

"안녕하십니까. 아, 설마 절 기다리신 겁니까?"

운정은 포권을 취했다.

"포커스를 전부 사용하셨나 보군요."

알테시스는 희미한 미소를 지었다.

"마나에 대해서 깨달을 듯하다 결국 깨닫지 못하여 이렇게 나오게 됐습니다."

"유감입니다."

알테시스는 운정 옆에 솟아 있는 나무뿌리에 몸을 던지듯 앉더니, 양손으로 자신의 얼굴을 쓸어내렸다.

"정말이지, 아무 생각도 하기 싫군요. 후우, 그런데 그렇다고 딱히 잠을 자고 싶지도 않고. 미칠 것 같습니다."

포커스의 고갈은 의지의 고갈과 같다. 정신적인 피로가 한계까지 쌓인 것이다.

운정은 그에게 다가가서 손을 내밀었다.

"손목을 주십시오. 제가 포커스를 직접 채워 드릴 순 없어도, 긴장된 신경을 풀어 드릴 수는 있습니다."

알테시스의 성격상 호의를 두세 번은 거절해야 했지만, 지금은 그럴 의지도 없었다. 그는 오른손을 살짝 내밀었고, 운정은 그것을 잡아 내력을 불어넣어 주었다.

따뜻한 기운이 알테시스의 육신을 한 바퀴 돌고 나니, 잔뜩 긴장되었던 근육들이 풀어지고 놀란 신경들이 제자리를 찾았다. 그러니 아까까지만 해도 멀게만 느껴졌던 졸음이 쏟아지듯 밀려왔다.

알테시스는 눈을 껌벅이더니 심호흡을 하곤 말했다.

"죄송합니다. 절 기다리신 용무가 있으실 텐데… 이리도 피곤해해서."

"급한 일은 아닙니다. 잠깐 생각이 나서 들른 것뿐입니다. 다음에 뵙지요."

알테시스는 머리를 흔들곤 자리에서 벌떡 일어나더니 기지개를 켜며 말했다.

"아닙니다. 말씀하세요. 듣고 싶습니다."

운정은 작은 미소를 지었다가 이내 용무를 이야기했다.

"델라이에서 도둑 길드의 마스터 막크에게 현상금을 걸었습니다. 그뿐만 아니라 도둑 길드 전체에 현상금을 걸었지요.

이로써 그들과 저희는 완전히 척을 진 사이가 되었습니다."

"……."

그 말에 알테시스의 얼굴이 조금 굳었다.

운정은 말을 이었다.

"이에 마스터 알테시스께서 혹여나 불편하게 되지 않으셨을까 해서 이해를 구하고 싶었습니다."

알테시스는 잠시 고민하다가 곧 생각을 정리하곤 말했다.

"애매한 입장이긴 합니다. 어둠 쪽에서 막크의 영향력은 꽤나 큽니다. 그가 원한다면 이제 막 자리를 잡은 네크로멘시 학파쯤이야 하루아침에 사라질 수도 있으니까요."

"때문에 제가 책임을 지고 싶습니다. 본의 아니게 네크로멘시 학파를 위험에 빠트린 것이 아닌가 하군요. 죄송합니다."

알테시스는 코를 매만졌다.

"사실 예상하긴 했습니다. 운정 도사께서는 막크와 함께 갈 위인이 아니지요. 아무리 그가 같이 일하기에 괜찮은 사람이라고 해도, 그건 어디까지나 그가 강자를 대할 때 그렇습니다. 약자에게는 한없이 잔인무도한 사람이지요. 아마 그는 이 세상에 있는 모든 종류의 죄를 한 번씩은 모두 범했을 겁니다. 그러니 지금 같은 길을 걸었다 해도, 언젠가는 갈라섰을 겁니다."

"……."

그는 말 없는 운정을 보며 말했다.

"운정 도사께서 제게 사과하실 일이 아닙니다. 네크로멘시 학파가 신무당파의 선을 따르기로 한 이상, 저희도 언젠가는 어둠의 학파와 연을 끊어야 할 때가 왔을 겁니다. 애초에 막크는 중원에 남아 있는 네크로멘시 학파와도 교류하고 있을 테니 연을 끊는 일은 더더욱 빠르게 찾아왔겠지요. 어차피 끊어질 것이라면 지금 끊어져도 상관없습니다."

"그렇게 생각해 주신다면 감사합니다. 대신 약조하겠습니다. 저희 신무당파는 네크로멘시 학파를 끝까지 보호할 것입니다. 혹여나 이 일로 인해 새로운 거처가 필요하다면 신무당파 건물을 사용하셔도 좋습니다."

알테시스가 네크로멘시 학파를 새롭게 만들 때 막크의 도움을 받았다. 막크가 제공한 장소를 더 이상 쓰기 어려울 수도 있으니, 운정이 먼저 배려한 것이다.

알테시스는 나지막하게 말했다.

"감사합니다. 확실히 그가 제공해 준 곳에서 더 지내기는 어렵겠군요. 흐음, 다른 학생들과 상의한 뒤, 답을 드려도 되겠습니까?"

운정은 고개를 끄덕였다.

"얼마든지."

알테시스는 마찬가지로 고개를 살짝 숙였다.

운정이 몸을 돌리려는데, 갑자기 알테시스가 그를 불렀다.

"잠깐만요, 운정 도사님."

운정이 멈춰 섰다.

"네. 말씀하십시오."

알테시스는 잠시 머뭇거리다가 이내 결심한 듯 말했다.

"몇 시간 전, 제 학생 중 한 명이 HDMMC에서 마스터 스페라와 마주쳤습니다. 그녀는 다짜고짜 막크의 위치를 말하라고 저희 학생을 협박했다는군요."

"……."

"제 학생은 그의 소재를 몰랐던지라, 모른다고 답했었고, 마스터 스페라께서는 곧 그를 놔주었습니다만, 제 학생에게 말을 들어 보니, 거의 죽이려고 했다 합니다. 그래서 말인데, 혹무슨 일로 각자의 길을 걷게 되었는지 알려 주실 수 있겠습니까? 저희는 공부를 하느라 밖의 상황을 잘 알지 못합니다."

운정은 한숨을 쉬더니 자초지종을 말했다.

"스페라 스승님께서 소로노스에서 국가급 마법을 시전하고 탈진한 상태로 귀환했을 때, 마스터 막크가 스페라 스승님을 해하려고 덫을 깔아 놓았나 봅니다. 자칫 일이 잘못 돌아갔으면, 꼼짝없이 죽는 것인데, 그녀가 기지를 발휘해서 겨우 살았습니다. 생명의 위협을 받아 크게 노한 것이지요."

"그런 일이… 흐음, 그렇군요. 그렇다면 그와 척을 진 것을 넘어서 원수 사이가 된 것입니까?"

"그렇습니다. 때문에 저도 네크로멘시 학파 또한 해를 당할까 염려한 것입니다."

알테시스는 고개를 여러 차례 끄덕이더니 말했다.

"그럼 아예 그곳을 버리는 것이 좋겠습니다. 그래도 준비하던 것이 있어서 아깝긴 하지만, 목숨보다 아깝지는 않지요. 앞으로 신무당파에 신세를 지고 싶습니다."

그 말에 운정은 포권을 취했다.

"그렇다면 신무당파에 자리를 마련하겠습니다."

알테시스도 고개를 숙였다.

*　　　　*　　　　*

다음 날 아침.

새벽 6시가 되는 순간, 시아스는 카이랄에 나타났다. 전날 밤 운정에게 대화 후 심신을 다진 뒤, 이 시간에 만나기로 했기 때문이다.

그녀가 중앙 나무에서 나오자 다른 나무 앞에서 그녀를 기다리던 운정이 그녀를 불렀다.

"이쪽으로 와라."

시아스는 조금 긴장된 표정으로 그에게 다가갔다. 그들은 같이 HDMMC가 있는 나무 안으로 들어갔다.

항상 보던 HDMMC지만, 시아스의 표정은 지극히 낯선 것을 보는 듯했다. 혹은 대단히 위험한 곳을 보는 듯하기도 했다. 표정은 차갑게 굳어 있었으며, 눈빛은 낮게 가라앉아 있었다.

운정은 품에서 엘리멘탈의 알 두 개를 꺼냈다.

"엘리멘탈을 둘 이상 품는 것은, 나 의외에 그 누구도 성공한 사람이 없음을 잘 알 것이다."

그 말에 시아스는 작게 고개를 끄덕였다.

"알아요, 마스터. 선착의 법칙이죠."

"이는 중원의 사상이 특별하게 작용했기 때문이다. 이를 명심하고 이 엘리멘탈의 알 안에 있는 실프와 노움을 일깨워 네 단전으로 인도해 보거라."

시아스는 두려운 눈길로 운정의 손에 쥐어져 있는 두 열매를 내려다보았다.

"만약 실패하면 어떻게 되죠?"

"선착의 법칙을 어긴 모든 마법사는 죽음을 맞이했다. 이는 영혼까지 소멸하는 절대적 죽음이라, 어떠한 방식으로도 되돌릴 수 없다 한다. 그럴 수밖에 없는 것이, 영혼이 둘로 쪼개지는 걸 무슨 수로 되돌리겠느냐?"

"……."

"다시 말하지만, 네가 원하지 않으면 하지 않아도 좋다."

그 말에 시아스는 입술을 살짝 깨물더니 물었다.

"이것이 신무당파에서 정식 제자가 되는 마지막 관문이죠, 마스터?"

운정은 고개를 끄덕였다.

"이 두 엘리멘탈의 도움을 받는 것과 받지 않는 것은 단순히 HDMMC에서 자유로운 것과 그렇지 않은 것을 뛰어넘는다. 엘리멘탈이 없다면 호흡한 대부분의 마나를 정제하기에, 도로 내뱉는 게 대부분이지만, 엘리멘탈이 있다면 그것을 치환하기에, 시간만 들이면 모두 사용할 수 있게 된다. 이는 엄청난 차이지."

시아스는 단호하게 말했다.

"강해지고 말고는 상관없어요. 이 시험을 정식 제자가 되는 마지막 관문으로 만드신다면, 저는 기필코 통과해 보이겠어요. 이방인처럼 속가제자에 머무를 수는 없으니까요."

하지만 그녀의 두 눈동자에는 여전히 망설이는 빛이 있었다.

운정은 나지막하게 말했다.

"시아스, 네가 목숨을 걸기 전에 너와 허심탄회하게 말하고 싶다."

"무슨 이야기를요?"

"네가 생명을 걸면서까지 신무당파의 정식 제자가 되려고 하는 정확한 이유가 무엇인지 나에게 말해 줄 수 있느냐?"

"……."

"어찌 보면 넌 네 상황과 환경에 의해서 떠밀려 왔다 해도 과언이 아니다. 게다가 네가 나의 제자가 된 것은 신무당파의 선이 확증되기도 전이지. 모든 것이 정해지기도 전에 이미 들어왔다."

시아스는 피식 웃더니 말했다.

"다시 말하자면, 계약서가 쓰이기도 전에 사인부터 한 것이죠."

"그래, 정확하다. 그리고 네 입장에선 내가 마음대로 계약서를 썼다 해도 틀린 말이 아니다. 그러니 그 계약을 위해 네 목숨을 걸지 않겠다고 비난할 사람은 아무도 없다."

시아스의 눈길이 잠시 땅을 향했다.

그녀는 나지막하게 말했다.

"좋아해요, 마스터."

너무 뜻밖의 말이라 운정의 두 눈은 크게 떠질 수밖에 없었다.

"……."

시아스는 눈을 감은 채 말했다.

"생각해 보세요. 그럴 수밖에 없어요. 전 마약에 찌들어서 하루하루 죽음을 기다리며 어둠이 가득한 방에서 말 그대로 살아만 있었어요. 하지만 마스터가 나타나서 날 구원해 주었죠. 그뿐인가요? 내게 상상도 하지 못할 힘과 능력을 주었어요. 마스터로 인해서 나의 삶은 완전히 뒤바뀌었죠."

"……."

그녀는 눈을 떴다.

그리고 운정을 올려다보았다.

"그런데 마스터는 잘생겼어요. 그리고 온화하시고 선하세요. 그뿐인가요? 강하세요. 몸도 마음도 너무나 강하시죠. 이런 상황에서 내가 마스터를 좋아하지 않는 게 가능한가요? 마스터께서 말씀해 보세요. 안 좋아하는 게 가능한 상황이냐고요."

운정은 당황한 눈길로 그녀를 내려다보면서 말했다.

"그, 그게. 나, 나는……."

한번 터져 버린 진심은 막을 길이 없었다.

시아스는 또박또박한 발음으로 조금도 변하지 않은 표정으로 자신의 마음을 이야기했다.

"모르셨겠죠. 지금껏 나도 잘 숨겼으니까요. 어린애가 아니라서 잘 숨기거든요. 사랑으로 발전하지 않게 마음 조절도 잘했고. 어차피 마스터가 내 남자가 되지 않을 걸 너무나도 잘 아니까, 그것도 꽤나 도움이 됐어요. 말하고 나니 생각보다 속시원하네요."

"시, 시아스."

시아스는 입술을 살짝 깨물더니, 곧 말을 이었다.

"그래서 난 신무당파에 남아 있는 거예요. 근데 재밌는 게 뭔지 아세요? 저는 갈 곳이 없어요, 전 여기 말고는 어디에도 제 자리가 없거든요. 그러니까 신무당파 말고는 갈 곳이 없어요, 마스터."

"……."

"어차피 마스터가 구해 준 목숨이에요. 지금 내가 살고 있는 이 삶은 제게 덤이죠. 덤으로 사는 인생이고, 갈 곳이 없으니, 그리고 당신을 좋아하니까, 신무당파에서 살 거예요. 여기서 제자들 기르면서 살다가 늙어 죽을 거라고요."

"……."

운정이 계속해서 아무 말도 하지 못하자, 시아스가 나지막하게 말을 이었다.

"혹시라도 죽을 수 있으니까 해 본 말이에요. 만약 제가 살아남는다면, 전 앞으로 평생 이 이야기를 거론하지도 않을 테니, 마스터도 그렇게 해 주세요."

운정은 차마 시아스의 눈을 쳐다보지 못했다.

그는 곧 고개를 끄덕였다.

"알겠다."

"약속해요!"

갑작스러운 외침에 운정이 눈을 크게 뜨고 시아스를 보았다.

시아스의 두 눈은 어느새 운정의 코앞까지 와 있었다.

초절정의 움직임도 꿰뚫어 보는 감각이 이럴 때만 무용지물이다.

"알았다. 약속하마."

시아스의 눈동자가 흔들렸다.

두 눈동자가 운정의 얼굴을 쓸었다.

눈을 보고, 눈썹을 보고, 코를 보았다.

그리고 입술을 보고, 다시 그의 눈을 보며 그 안에 담긴 마음을 보았다.

시아스는 입술을 살짝 내밀었다. 운정의 입술과 포개졌다.

찰나 후, 그녀는 운정의 손에서 엘리멘탈의 알을 낚아챘다.

그러고는 HDMMC 안으로 거침없이 들어갔다.

운정은 멍한 표정으로 그녀의 뒷모습을 바라볼 수밖에 없었다.

그녀를 말려야 하나.

위험하다고 멈추어야 하나.

그의 손이 들렸다.

그의 발이 나갔다.

하지만 그의 몸은 곧 멈춰 섰다.

"그녀에겐 결국 기만일 뿐이야."

운정은 중얼거리며 고개를 숙였다.

그리고 한참 동안 생각을 정리한 뒤, 다시 앞을 보았다.

폭풍과 지진 속에서 시아스는 가부좌를 틀고 있었다.

그녀의 몸은 지상에서 조금 들려, 공중을 부양하고 있었다.

성공할지도 알 수 없다.

얼마나 걸릴지도 알 수 없다.

운정은 한참 그녀를 바라보다가 곧 밖으로 나왔다.

공간이동진을 통해서 신무당파로 돌아온 그는 곧 자신의 방으로 향했다.

마음은 어지러웠지만, 최선을 다해 다스렸다.

그리고 방문을 열었다.

덜컹.

그 안에선 제갈극이 한쪽에 앉아 그를 기다리고 있었다.

"중원. 언제 보내 줄 것이냐?"

운정이 말했다.

"오늘입니다. 델로스의 성문은 7시에 열립니다. 그때, 맞춰서 나가도록 하지요."

운정은 천천히 걸어와서, 상석에 앉았다.

그런데 제갈극이 묘한 눈길을 하고 있었다.

운정이 그를 이상하게 쳐다보자, 제갈극이 말했다.

"연지(臙脂)?"

"연지? 연지라니요?"

운정은 당황하며 입술을 닦았다. 그러자 손에 붉은 기가 묻어 나왔다.

제갈극은 고개를 도리도리 흔들며 큰 소리로 말했다.

"본좌는 실망했다! 지극히 실망했다!"

"……."

"결국 네놈도 사내놈이구나. 하기야, 혈기 왕성한 나이이니 본좌가 뭐라 할 것이 못 된다마는 그래도 너는 뭔가 다를 줄 알았건만… 쯧. 그러고 보니, 실망할 것도 없군. 당연한 것이야. 음양의 조화는 이 세상이 창조된 원리이며 그 근본의 이치이니……."

운정은 얼굴을 확 굳혔다.

"태학공자가 생각하는 그런 일은 없었습니다. 게다가 혈기 왕성한 나이라니요? 태학공자야말로 가장 혈기 왕성한 나이지요."

제갈극은 멈추지 않고 고개를 계속해서 흔들었다.

"나는 일찍이 수많은 서적들과 타인의 경험들을 바탕으로 내 미래를 내다보았다. 그리고 내가 입은 이 육신이 결국 가질 수밖에 없는 결함들을 모조리 파악했느니라. 그뿐이랴? 그

중 일찍이 처리할 것은 처리하고 없앨 것은 없앴지. 본좌에게
있어 성욕은 그 어떠한 문제도 되지 않는다."

"저도 마찬가지입니다."

"네 혀는 그리 말하지만, 네 입술은 그렇게 말하지 않는구
나."

운정은 참으로 오랜만에 언짢은 기분을 느꼈다.

제갈극의 말투도 게슴츠레한 눈빛도 전부 싫었다.

"그러는 당신은 당신의 패밀리어를 이용해서 성욕을 처리한
다 하였습니다. 하지만 결국 그 패밀리어도 당신이 만들어 낸
존재가 아닙니까? 이는 사실 입으로 내뱉기도 어려울 정도로
역겨운 짓입니다."

"타인이 본좌를 얼마나 역겹다 여기는지가 본좌에게 조금
이라도 고려 대상이었다면, 본좌는 진즉 생명을 스스로 끊었
을 것이니라."

"정말 당당한 헛소리로군요."

"당당한 헛소리가 도사의 전유물인 줄 알았더냐?"

"……."

운정은 더 말하고 싶지 않아서 입을 다물었다.

그런데 그 반응을 보곤 제갈극은 사악한 미소를 지었다.

"하늘도 속이던 그 헛바닥이 언제 그리 힘을 잃었느냐? 도
대체 몸과 마음과 영혼에 얼마나 큰 충격을 받았으면, 천하를

앞에 두고도 당당히 소신을 펼치던 네 입이 아무런 말도 하지 못하는 것이야? 네 치부를 들킨 것이 그토록……."

운정은 제갈극의 말을 잘랐다.

"치부가 아닙니다. 아니, 치부랄 게 없습니다."

"치부가 아니라고 한다면, 도대체 어떤 것으로 그것을……."

운정은 다시금 그의 말을 잘랐다.

"됐습니다. 그만하시지오."

담담한 어투였지만, 그랬기에 더더욱 힘이 있었다.

제갈극은 말을 멈추고는 운정을 가만히 보았다.

운정의 시선은 살짝 내려가 있었는데, 순간 다른 생각에 빠진 듯싶었다.

제갈극이 물었다.

"고민이 있다면 말해 봐라. 어차피 시간도 남았으니."

"당신 말고도 충분히 말할 사람들이 있으니 걱정하지 마십시오."

"스페라 백작 말이냐? 아니면 네 제자인 시아스 말이냐? 그도 아니면 네 엘프들 말이냐? 전부 다 여자이지 않느냐? 여자 문제를 여자에게 말하는 것만큼 어리석은 것도 없지. 그들이 객관적으로 들어줄 수나 있겠느냐? 여자는 그저 여자 편이다. 그러니 내게 말해야지."

"……."

"어서 말해 봐라. 더는 놀리지 않을 테니."

운정은 전혀 이해할 수 없었다.

하지만 그의 마음은 분명 말하고 싶어 했다.

한참을 고민한 그는 결국 제갈극에게 짧게 말했다.

"시아스입니다. 절 좋아한다고 합니다."

제갈극은 왼손으로 오른손을 잡고는 말했다.

"그런데?"

운정은 한숨을 쉬더니 말했다.

"그 마음 때문에 신무당파에 남아 신무당파의 유지를 잇고 있는 겁니다. 하지만 전 그녀에게 마음을 줄 수 없습니다. 그러니 결국 그녀를 이용하는 꼴밖에 안 되는 것 같습니다."

"흐음, 그것에 죄책감이 드느냐?"

"그녀를 구해 주었을 때, 전 의무를 다했다 생각했습니다. 하지만 아닌가 봅니다. 그 이상으로도 책임이 따르는가 싶습니다."

"그렇게 따지면 넌 네가 구해 준 모든 인간들과 혼인을 올려야지."

"그 말이 아니지 않습니까?"

"그 말이다, 운정 도사."

"……"

"왜 그 말이 아니냐? 구해 줬으면 됐지, 그 이상 무엇을 더

하라고? 각자의 인생은 각자가 결정하는 법이니라. 네가 강요한 것이 아닌 이상, 그녀가 이곳에 남겠다고 스스로 선택한 이상, 넌 그녀를 이용한 것이 아니니라. 네 말대로 그런 것과 같은 꼴일 뿐이지."

"……."

"그리고 그런 '꼴'임을 걱정하는 건 엄밀히 말해서 네가 타인의 시선을 생각하는 것이 아니냐? 그렇게 타인이 오해할까봐, 그것이 두려운 것 아니냐? 네가 실제로 사랑하는 사람이 오해할까 말이다."

"……."

"둘이 떳떳하다면, 떳떳한 것이다. 이걸 오해의 시선으로만 바라본다면 그 사람이 '네 편이 아닌 것이지."

운정은 살짝 입을 벌렸다.

과연 그 말에는 틀린 것이 없는 듯했다.

제갈극에 대한 신뢰가 갑자기 커졌다.

운정이 고개를 끄덕였다.

"태학공자의 말이 맞는 것 같습니다."

제갈극은 뿌듯한 표정을 지었다.

"본좌는 연애를 해 본 적이 없지만, 그에 관해선 누구보다도 박학다식하다고 자부한다. 그러니 앞으로도 조언이 필요하다면 내게 와서 묻거라."

"……."

운정은 아무런 말도 할 수 없었다.

그를 향한 신뢰는 빠르게 생긴 만큼 빠르게 사라졌다.

＊   ＊   ＊

델라이에 입궁한 운정과 제갈극은 왕의 집무실로 향했다.

렉크는 델라이의 유명 귀족들과 내전 이후의 상황을 정리하고 있었다. 하지만 운정과 제갈극이 왔다는 소식을 듣자마자 모두에게 잠시 자리를 비켜 달라는 부탁을 했고, 귀족들도 별말 하지 않고 잠시 자리를 떴다.

운정과 제갈극이 들어와 오른편에 앉았다. 그들 앞으로는 넓은 식탁 위로 펼쳐진 델라이 전역의 지도가 보였다. 그 위로 다양한 색으로 그린 그림들과 글귀 그리고 또 세워진 말들을 보면, 전쟁 회의를 방불케 했다.

운정이 말했다.

"내전을 수습하느라 바쁘실 텐데 이렇게 시간을 내주서서 감사합니다."

렉크가 말했다.

"중원의 손님께서 가시는데 마지막 배웅을 안 할 수 없지요. 어제 이야기한 대로 마법부 전체가 NSMC를 가동 중입니다. 아마 몇 시간 내로 차원이동이 가능할 것입니다, 타이지 백작."

"호의에 감사드립니다. 혹 바쁘시다면 저희는 자리를 비우 겠습니다."

렉크가 고개를 저었다.

"아닙니다. 나도 다른 이야기를 하는 게 좀 머리를 비우는 시간이 될 것 같으니 남아서 앞으로의 외교에 대해서도 논해 보지요. 여봐라. 여기 다과를 좀 내와라."

이에 하녀들이 상을 봐주었다.

제갈극이 유창한 공용어로 말했다.

"델라이에서 블러드스톤을 더 이상 바라지 않는다는 걸 들 었다. 그것에 대해서 좀 더 설명해 주었으면 하는군, 렉크 백 작."

이에 렉크는 운정과 살짝 눈을 마주친 뒤에, 나지막하게 말 했다.

"블러드스톤을 이용하여 마공을 익힌 흑기사들에게 큰 문 제가 발생하였다. 가장 큰 예로는 슬롯 경이 있는데, 그는 실 력도 실력이지만, 그 인품 또한 고귀하여 많은 이들이 따랐었 다. 하지만 블러드스톤의 영향으로 인해 그는 마음이 좁아지 고 치졸한 사람이 되었다. 이는 그 스스로도 인정한 바로, 작 은 일에도 짜증이 나며 마음을 다스리기가 극히 어려웠다고 말하고 있다."

렉크는 제갈극을 향해 똑같이 평어를 사용했다. 외교관계상 서로 경어를 쓰는 것이 맞지만 둘 다 크게 신경 쓰지 않았다.

제갈극이 말했다.

"마인이 되면 원래 그런 것이다. 하늘이 맑으면 맑다고 짜증나고 비가 내리면 비가 내려서 짜증 나는 게 마인이지. 그렇기에 마인을 다스릴 수 있는 유일한 방법은 바로 공포니라."

"하지만 파인랜드의 기사들은 힘과 공포로 지배되는 존재들이 아니다, 태학공자. 그들의 기준은 그들의 맹세와 기사도를 기반으로 하고 있다. 그렇기에 마공은 파인랜드의 기사들에게 맞지 않다는 것이다. 공포로 지배하는 폭군의 나라는 오래가지 못하는 법이지."

"하지만 천마신교는 그 힘과 그 공포로 천 년간 유지되었다."

"그것은 신물이라는 특수성 때문이다. 그리고 또한 그 안에 교주를 향한 맹목적인 충성심이 분명히 있다. 그것이 없는 한 충성심도 없을 테고, 천마신교도 오래가지 않았을 것이다. 그러니 정확히 말하면 힘과 공포가 아니라 신물로 다스린 것이다. 그리고 델라이에는 신물이 없지."

그 말에 제갈극은 눈길을 돌려 운정을 보았다.

렉크가 천마신교에 대해 아는 건 운정이 가르쳐 주지 않았다면 불가능하다.

"운정 도사."

운정은 제갈극을 돌아보더니 솔직한 그의 마음을 말했다.

"델라이에선 더 이상 블러드스톤을 수입하지 않을 겁니다."

"그렇다면 파인랜드처럼 기가 메마른 곳에서 어떻게 무공을 익히겠다는 것이냐? 정공을 익혀 보았자, 일류 고수 정도의 내력을 모으는 데만 백 년은 족히 걸릴 것이다."

"그 길을 신무당파에서 해결하고 있습니다. 그 마지막 단계에 왔으니, 그것이 성공한다면, 앞으로 신무당파의 정식 제자들은 보통의 마나스톤에서도 많은 선기를 모을 수 있을 겁니다."

제갈극의 눈초리가 좁아졌다.

그때, 렉크가 말했다.

"그러니 앞으로 거래로 블러드스톤이나 마공을 줄 필요는 없다. 대신 마나 그 자체를 주었으면 한다. 빈 마나스톤을 가져가서 중원의 마나로 채워서 가져와 준다면, 전처럼 마법에 관한 것들을 주도록 하겠다."

그 말에 제갈극이 툭 하니 말했다.

"이번에 그가 중원으로 돌아가면 본격적으로 마법사를 기를 생각이니라. 그러니, 마법 교육에 필요한 모든 것을 주었으면 한다. 그중 가장 중심이 되는 것은 당연하지만 HDMMC! 그리고 마법사가 지팡이를 얻는 방법 및 패밀리어에 관련된 지식까지 모조리 얻고자 하느니라."

렉크는 잠시 운정을 보다가 곧 나지막하게 말했다.

"앞으로 거래를 통해 순차적으로 주겠다."

제갈극은 고개를 저었다.

"운정 도사를 보아하니 그 마음이 이미 천마신교에서 떴다. 그러니 파인랜드와 중원의 교류가 끊어질 수도 있다. 따라서 본좌는 그 모든 것을 가져가지 않는다면, 중원으로 돌아갈 생각이 없다."

"……"

"하지만 그 대가는 모두 지불할 것이다. 중원에는 넘쳐나는 것이 대자연의 기운이오, 마나이니, 델라이에 존재하는 모든 마나스톤에 마나를 불어넣어 주겠다. 그는 최근 국가급 마법을 경험했느니라. 그 정도의 마법을 100번이고 쓸 수 있는 정도의 양까지 주겠노라."

그 말에 렉크의 얼굴이 대번에 바뀌었다.

국가급 마법이 '국가급'인 이유는 말 그대로 하나의 국가에서 마법사들을 양성하여 그중 최고의 지성들을 하나로 모았을 때나 시전이 가능하기 때문이다. 미티어 스트라이크만 봐도, 그것을 한 번 시전하는 데 국가급 예산이 필요하다. 그런데 그것을 100번이고 쓸 수 있다는 건 그 자체만으로도 이웃 나라에 엄청난 압박이 된다.

파인랜드의 마법은 그 기술에 비해서 자원이 극히 모자라다. 기술이 없어서 못 하는 것이 아니라 자원이 없어서 못 하는 경우가 수두룩하다.

만약 마나만 충분히 있다면, 도시 전체를 방어막으로 감싸 미티어 스트라이크에 대항하는 것도 가능할 것이다.

렉크는 잠시 고민한 뒤 말했다.

"좋다. 원하는 지식을 모두 주겠다. 대신 델라이에 있는 빈 마나스톤을 모두 채워 달라."

제갈극은 고개를 끄덕였다.

"계약 성립이군."

렉크는 운정을 보았다.

"타이지 백작, 이 계약을 보증할 수 있습니까?"

"물론입니다, 렉크 백작님."

렉크는 두 손을 모았다.

그러곤 중얼거리듯 말했다.

"잠시 차원이동을 미뤄야겠군요. 전국에서 빈 마나스톤을 모두 모아야 하고. 안 그래도 내전 때문에 전국적으로 마나 소모가 심했는데, 잘되었습니다."

이에 제갈극이 덧붙였다.

"그리고 내게 주어야 할 마법들도 정리할 시간이 필요할 것이다."

렉크는 고개를 여러 차례 끄덕이더니 말했다.

"타이지 백작, 태학공자와 함께 잠시 다른 곳에 계시면 준비를 마친 뒤에 말씀드리지요. 오늘 저녁까진 아마 가능할 겁니다."

"중앙 정원에 있겠습니다."

운정은 포권을 취하고는 자리에서 일어났다. 이내 제갈극도 따라 일어섰다.

운정과 제갈극이 밖으로 나가자, 문밖에는 아까 전 안에 있었던 귀족들이 있었다.

그들과도 인사를 나눈 운정은 제갈극과 함께 중앙 정원에 갔다.

그 안에 들어가는 순간 제갈극은 놀라운 표정으로 주변을 살폈다.

그러곤 눈살을 찌푸리며 한어로 말했다.

"이 무슨 조화이지? 궁전 안은 분명 노매직존이라 마법이 불가능할 텐데… 이 안에서 조성된 환경은 분명… 인위적인 것이야. 무엇으로 이런 환경을 만든 것이지?"

그 말을 듣자 운정도 오래전 비슷한 생각을 했었던 것을 기억했다.

전에 제작부에서 나리튬 클록을 테스트했을 때도, 마법이 아닌 어떤 특수한 장치가 있었었다.

운정이 어렴풋 기억난 단어를 말했다.

"그리고 보니, 전에 타노스 자작이 기계공학(Mechanical Engineering)이라고 했던 것 같습니다."

"기계공학(Mechanical Engineering)? 설마, 중원에 있는 기계공학(機械工學)과 같은 것이더냐?"

그 순간 운정은 그 자리에 우두커니 멈춰 섰다.

왜 지금까지 몰랐을까?

사실 모를 수밖에 없었다.

두 단어는 각각 다른 언어에 있는 고유명사니까.

하지만 그 두 단어가 내포한 의미를 생각해 보면 같다고밖에 볼 수 없다.

운정은 중얼거리듯 말했다.

"있을 수 없는 일입니다."

"뭐가?"

"제가 언어를 쉽게 익힌 이유는 마법의 영향을 받아서 그렇습니다. 언어가 가진 본질적인 의미를 이용하는 마법을 공부했기에, 다른 언어권에서 다른 단어를 쓴다 해도, 같은 것을 지칭하는 한, 이를 본능적으로 깨닫게 마련입니다."

제갈극은 운정이 무슨 말을 하는지 알았다. 그도 똑같은 원리로 공용어를 쉽게 익혔기 때문이다. 그 둘은 모두 생전 처음 듣는 단어도 그것이 무엇을 말하는지 거의 대번에 알 수 있었으며, 그것을 자유롭게 구사하는 데도 크게 무리가 없었다.

제갈극이 말했다.

"그런데 기계공학(Mechanical Engineering)과 기계공학(機械工學)이 같은 것임을 본능적으로 알지 못했다? 무슨 뜻이겠느냐?"

운정이 나지막하게 대답했다.

"그 둘이 의미하는 것이 우리의 언어 체계, 아니, 그것을 넘어서 우리 차원 안의 것이 아니라는 것이겠지요."

"본좌도 그렇게 생각한다. 박소을은 이계의 인물이지. 하지만 그가 온 곳은 파인랜드 정도의 이계가 아니다."

"파인랜드는 이계가 아닙니다. 같은 땅 위에서 너무나 먼 곳에 위치한 것에 불과합니다."

그 말에 제갈극은 또다시 여러 차례 고개를 끄덕였다.

"흐음."

"그러니 박소을이란 자가 온 그곳이야말로, 진정한 이계일 겁니다."

그들은 각자의 생각에 빠진 채로 천천히 중앙 정원을 걸어 안쪽으로 향했다.

그리고 한적한 곳에 털썩 앉아 버렸다.

털썩 앉은 둘은 이후 한마디 말도 하지 않았다.

둘 다 한번 깊게 생각을 하면 쉽사리 나오지 못하는 성격이다 보니, 시간 가는 줄 모르고 고심했다.

때문에 테이머 한슨이 그들을 발견하고 말을 걸 때까지 그들은 상념에 빠져 있었다.

"마스터! 그리고… 안녕하십니까?"

운정과 제갈극이 동시에 눈을 들어 그를 보았다. 둘의 눈은 똑같이 흐리멍덩했다.

그런데 그때, 운정의 눈빛이 먼저 또렷해졌다.

"한슨? 아, 지금이 몇 시더냐?"

"9시 30분입니다. 아침 수련을 위해서 신무당파에 가려고 했는데, 마스터께서 보이셔서 놀랐습니다."

운정은 자리에서 일어났다.

"오늘은 내가 지도해야 한다는 걸 잊고 있었구나. 널 만나게 되어 다행이다."

"아, 마스터 시아스께서 자리를 비우셨나 봅니다?"

운정은 고개를 끄덕이며 제갈극을 돌아봤다.

"같이 가시겠습니까? 아니면, 여기 계시겠습니까?"

제갈극은 느리게 고개를 저었다.

"본좌는 아직 생각할 것이 남았느니라."

운정이 포권을 취하려는데 문득 드는 생각이 있었다.

그는 잠시 망설이다가 이내 그에게 물었다.

"하나만 물어보고자 합니다."

제갈극이 말했다.

"짧게."

운정이 말했다.

"혹 제갈극께서도 이제 천마신교로부터 독립하실 생각입니까?"

그 순간 제갈극의 눈빛이 운정의 그것과 마찬가지로 또렷해졌다.

그는 운정을 올려다보더니 말했다.

"어떻게 알았느냐?"

운정이 말했다.

"전에 그걸 제게 말씀하시기도 했고, 또 천마신교에 충성하지 않는다는 사실도 알고 있었으며, 태학공자가 천마신교에 남아 있는 이유는 심검마선 때문임도 알았습니다. 그리고 아까 신무당파가 독립의 길을 가려는 것을 느끼시곤 생각에 잠긴 듯 보였습니다. 그뿐 아니라, 마법 교육에 필요한 모든 것을 달라 하셨으니… 당연히 알 만한 것입니다."

제갈극은 피식 웃었다.

그는 이내 나지막하게 대답했다.

"이제 곧 제갈세가는 중원 최고의 마법 명문가로 새롭게 도약할 것이니라. 앞으로 신무당파와 좋은 관계를 희망하니라."

운정은 포권을 취했다.

"그럼 이따 뵙겠습니다."

그는 곧 몸을 돌려 테이머 한슨과 신무당파로 향했다.

*　　　　*　　　　*

정오까지 제자들을 가르친 운정은 모두에게 말했다.

"마스터 시아스는 속가제자들이 정식 제자가 되기 위한 마지막 관문을 몸소 테스트하고 있다. 이것이 성공한다면, 너희들 중 몇몇을 뽑아 정식 제자의 길을 열어 줄 것이다."

이에 모든 제자들의 얼굴빛이 환해졌다.

특히 로튼의 얼굴이 더욱 빛나는 듯했다.

운정은 이후 카이랄에 갔다.

중앙 나무에서 나와서 보니, 시아스가 들어간 HDMMC 말고도 다른 HDMMC까지 모두 가동되고 있었다.

그런데 갑자기 그의 앞에 스페라가 나타났다.

"운정!"

운정은 스페라에게 다가가며 말했다.

"스페라, 어인 일이십니까?"

스페라는 조금 좋지 못한 표정으로 말했다.

"곧 차원이동한다면서, 그래서 혹시 너도 가나 해서."

운정은 고개를 저었다.

"사실 고민 중에 있습니다. 하지만 아마 간다 해도 오래 있지 않을 겁니다."

스페라의 얼굴이 조금 밝아졌다.

"그래? 다행이네. 나 할 말 있어."

"예, 말씀하십시오."

"렉크 백작이 혹 델라이 내전을 수습하는 데 도움을 줄 수 있느냐고 해서 말이지. 왕가의 서재에 상주하고 있으면서 아무것도 안 하기는 좀 그렇잖아? 그래서 도와줄까 해. 하지만 그러면 전처럼 자주 볼 수 없을 거 같아. 아무래도 전국 각지를 돌아다녀야 하니까."

운정은 웃어 보였다.

"마음을 예쁘게 먹으셨군요."

스페라는 애교스럽게 웃었다.

"히히, 그치? 이젠 좀 그래 보려고."

운정이 말했다.

"전쟁으로 인해서 고통받는 사람들이 많습니다. 공존을 추구하는 신무당파의 선을 생각한다면 그들을 돕는 것은 마땅한 일이지요."

"그러니까. 혹시 무슨 일 있으면 내가 준 그 펜던트. 그거 누르면 돼. 그러면 바로 달려올 테니까."

그때, 문득 무언가 생각이 난 듯 운정이 옷 속으로 손을 넣었다. 그리고 목걸이 두 개를 같이 꺼냈는데, 하나는 스페라가 준 것이고 하나는 머혼이 준 것이었다.

스페라는 그중 머혼이 준 것을 보고는 얼굴이 확 굳었다.

"더 세븐인 레저렉션 펜던트라고, 머혼 백작이 제게 마지막으로 남겨 주셨습니다."

"……"

"혹 이에 대해서 더 아시는가 해서 묻고 싶습니다."

스페라는 어이없다는 듯 중얼거렸다.

"당연히 알지. 내가 준 펜던트가 애초에 그걸 모방한 건데……."

"아, 그렇습니까?"

"잠깐만, 혹시 둘 다 줄 수 있어? 귀찮게 다 들고 다닐 필요는 없잖아?"

"알겠습니다."

운정은 순순히 그 둘을 벗어서 스페라에게 주었다.

스페라는 잠시 그 둘을 양손에 쥐고는 주문을 읊었다.

그리고 레저렉션 펜던트만 운정에게 다시 주었다.

"기능이나 좌표나 기타 등등 다 옮겼어. 그것만 쓰면 될 거야."

"아, 쓰는 방법도 같습니까?"

"응, 다 같아. 애초에 모조품이라니까."

스페라는 레드 마나스톤이 달린 그 목걸이를 두 손가락으로 눌렀다. 그러자 그것이 가루가 되면서 사라졌다.

운정은 레저렉션 펜던트를 내려다보더니 말했다.

"머혼이 이 펜던트의 기능에 대해서 말했었습니다. 사람을 되살릴 수 있다고."

스페라는 고개를 끄덕였다.

"맞아. 사실 그 마법 하나 때문에 더 세븐이긴 하지."

운정이 되물었다.

"그게 어떻게 가능한 겁니까?"

스페라가 대답했다.

"이 세상에 절대라는 건 없지. 절대라는 게 있다면 그 자체로 모순이니까. 그래서 더 세븐이 존재하는 거야. 그 절대라는 것이 없다는 반증으로써."

운정은 고개를 갸웃했다.

"그게 무슨 말입니까?"

"몰라."

"예?"

스페라는 어깨를 들썩였다.

"더 세븐 분야의 권위자가 발표한 문헌에서 그렇게 설명했었어. 더 세븐은 절대적으로 불가능한 것에 대한 반례 중 가장 기본이 되는 일곱 가지를 모아 놓은 것이라고. 왜, 그 더 세븐을 모두 모으면 모든 것이 가능하다는 말이 있거든. 그 말의 의미가 바로 그렇다는 게, 그 권위자의 말이지."

"……."

"나도 완전히는 이해하지 못했어. 하지만 확실히 아는 건 더 세븐은 마법의 의해서 창조된 것이 아니라는 거야. 오히려 그것으로부터 마법이 창조되었지."

"마법이 창조되다?"

"노매직이나 노매직존 혹은 노마나존 등등. 그 마법들은 전부 델라이의 왕관이자 더 세븐 중 하나인 눌 크라운(Null Crown)을 연구하다가 나온 거야. 마찬가지로 내 패밀리어, 도플갱어(Doppelganger)는 모든 패밀리어를 한 번에 합쳐 놓은 것 같지. 그리고 치료나 회복 혹은 부활까지도… 그 부분에 관련된 모든 마법은 바로 네가 가지고 있는 그 레저렉션 펜던트에서 나온 거고."

운정의 얼굴이 짐짓 심각해졌다.

그가 물었다.

"그럼 더 세븐에 무엇무엇이 있는지 알려 주실 수 있겠습니까?"

스페라는 눈길을 위로 올리고 손가락을 접어 가며 말했다.

"주변을 노마나존으로 만드는 눌 크라운, 모든 것을 복사하는 도플갱어, 죽은 사람을 되살릴 수 있는 레저렉션 펜던트, 열 가지 마법을 최소 영창 시간 내로 시전할 수 있게 해 주는 문 핑거스, 모든 것을 꿰뚫어 보는 오딘 아이, 모든 마법진의 순수한 형태 더 서클, 그리고 자연을 다스리는 엘리멘탈 킹."

처음 다섯 개는 아는 것이지만, 후의 두 개는 생소했다.

운정이 되물었다.

"더 서클(The Circle)은 무엇입니까?"

"더 앱솔루트 써클(The Absolute Circle)이라고도 해. 로스부룩이 만든 NSMC가 가장 유력한 후보야. 하지만 그것도 완전하진 않지. 내 생각인데, 제국에 있다고 생각해. 거기서 미티어 스트라이크 마법을 처음 개발하기도 했고, 또 마법진이 동원되는 국가급 마법은 거의 제국에서 다 선점하고 있으니까. 더 서클이 있으니 가능할 거야. 어쩌면 차원이동까지도… 하지만 그것까진 못하는 것처럼 보이니까 흐음, 모르겠다."

"그럼 엘리멘……."

운정이 말을 하다가 멈추니, 스페라가 그를 물끄러미 바라보았다.

"왜 그래?"

운정은 손을 들어 턱을 매만졌다.

"아닙니다. 엘리멘탈 킹은 전에 들어 본 것 같아서."

"그래? 어디서?"

운정은 중얼거리듯 말했다.

"모든 하이엘프들에겐 태초부터 전해지던 예언이 있다고 합니다. 엘리멘탈 킹이 파인랜드에 도래해 저주받아 찢겨진 엘프들을 하나로 묶을 것이라고 말입니다."

그 말에 스페라도 운정처럼 손을 들어 턱을 만졌다.

"흐음. 하기야, 엘프들의 패밀리어는 전부 엘리멘탈이니까. 엘리멘탈 킹에 대한 정보도 그들이 더 많이 가지고 있을 거야. 예언의 형태라면, 아마 고대에서부터 내려져 오던 정보인 거 같은데?"

"……."

"아무튼, 내가 알기론 엘리멘탈 킹은 모든 엘리멘탈의 시초가 되는 것으로, 모든 자연적 현상에 관련된 마법이 그로부터 출발한 것으로 알고 있어."

"엘프들은 그것이 어떤 인격체를 지칭하는 것처럼 말했던 것 같습니다만."

"그럼 그런가 보지."

"예?"

"더 세븐이라고 해서 인격체가 아니고 꼭 물건이라는 법은 없잖아. 아까도 말했지만, 더 세븐은 이 세상에 절대적으로 불가능한 것이 없어야 하기 때문에, 그 하나의 반례로써 존재하는 거라고. 그게 물건이든 사람이든 세계의 입장에선 상관없지. 하기야, 넌 네 엘리멘탈을 모두 다루니까… 엘프들이 너보고 엘리멘탈 킹이라고 했어?"

"그렇습니다."

"흐음, 그럼 너 스스로가 더 세븐일 수도 있겠네? 호호호."

"웃을 일이 아닙니다. 뭔가 위화감이 느껴집니다."

스페라는 옅은 미소를 지으며 운정의 어깨에 손을 올렸다.

"괜찮아. 너무 신경 쓰지 마. 이상하리만큼 더 세븐이 한자리로 모이는 것이 나도 마음에 걸리긴 하는데, 일단 우리가 알 수 있는 건 여기까지니까."

"……."

스페라는 해맑게 웃으며 말했다.

"아무튼, 난 이제 가 볼게. 여기저기 도와줘야 하는 곳이 많아서."

운정은 포권을 취했다.

"다녀오십시오, 스페라."

스페라는 그 미소를 그대로 유지한 채 공간이동해 사라졌다.

운정은 한참을 그 자리에서 서서 고민했다.

그런데 어느 순간, 하나의 HDMMC에서 엄청난 파동이 느껴졌다.

운정은 즉시 상념을 떨쳐 버리고 그 안으로 들어갔다.

그곳엔 시아스가 있었다.

공중 부양 하는 그녀의 몸에서 강렬한 흰빛이 뿜어지고 있었다.

그 빛은 너무나 눈부셔, 운정조차도 손을 들고 눈을 가려야 했다.

하지만 그럼에도 그 빛은 모든 피부를 투과했고, 때문에 운정은 내력을 이용해서 눈을 보호해야 했다.

흰빛은 점차 강해지더니, 곧 한순간 번쩍하며 온데간데없이 사라졌다.

시아스의 몸도 아래로 쿵 하고 추락했는데, HDMMC에 가득했던 모든 기운들도 순식간에 모두 증발해 버린 듯 사라졌다.

운정은 고개를 푹 숙이고 기절한 시아스에게 몸을 날렸다. 그리고 그녀를 부축하여 HDMMC 밖으로 꺼냈다. 기가 풍부한 중원에서부터 벌써 기가 다시금 들어차고 있었기 때문에, 자칫 잘못하면 이미 기가 충만한 그녀의 몸에 과부화가 걸릴 수 있었기 때문이다.

운정은 시아스를 눕혀 놓고 그 손목에 손가락을 가져가 진맥했다.

쿵-!

쿵-!

쿵-!

일정하지만 강력한 심장 박동이 울렸다.

그 힘은 전신에 가득히 혈액을 공급했다.

운정은 내력을 조금 불어넣어 시아스의 기혈을 따라 단전까지 이끌었다.

그러자 그 안에서 그녀의 내력이 나와 운정의 내력에 반발했다.

그녀의 내력 속엔 건기와 곤기가 함께 있었다.

[노움(Gnome)?]

[실프(Sylph)?]

운정의 단전에서 두 엘리멘탈이 말을 걸자, 시아스의 단전에서 새로 태어난 두 엘리멘탈이 즉각적으로 화답했다.

[실프(Sylph)?]

[노움(Gnome)?]

반발심은 그 즉시 사라졌고 운정의 내력은 시아스의 단전에 쉽사리 들어갈 수 있었다.

그녀의 단전은 이미 가득 차 있어서, 그 안으로 비집고 들어가기란 매우 어려웠다. 다행히 시아스의 단전에서 태어난 두 엘리멘탈은 억지로라도 자리를 만들어서 운정의 내력을 환영했다.

예로부터 같은 문파의 백도 고수들은 같은 종류의 내공심법을 익히기에, 서로 내력을 주고받는 데 큰 무리가 없었다. 마찬가지로 같은 선공을 익힌, 그것도 가장 순수한 형태의 선공을 익힌 운정과 시아스의 내력은 마치 원래부터 하나였던 것처럼 서로 얽혀 들어갔다.

운정은 적당한 선에서 내력을 끊고는 손을 뗐다.

"성공했구나……."

시아스는 여전히 기절해 있었지만, 그녀의 표정은 평온해 보였다.

운정은 그녀의 몸을 들고 밖으로 나갔다.

그리고 공간마법진을 통해서 신무당파로 되돌아왔다.

하녀에게 안내를 받아 그녀의 방으로 들어온 운정은 그 침상 위에 시아스를 눕혀 주었다.

시아스는 그때까지도 새근새근 아이처럼 잠을 자고 있었다.

"후우, 지금 몇 시더냐?"

운정의 질문에, 그를 뒤따라온 하녀가 말했다.

"이제 막 3시 40분을 넘었습니다."

낮 수업이 얼마 남지 않았다.

운정은 고개를 끄덕이더니 연무장으로 나가 제자들을 맞이했다.

이후 두 시간을 가르친 그는 다시금 시아스의 방으로 찾아가서 그녀의 상태를 보았다.

시아스는 정신이 들었는지, 눈을 뜨고 있었지만, 침상에서 일어나진 않았다. 운정이 방으로 들어오는 것을 보곤 또박또박한 목소리로 말했다.

"마스터가 데려와 주신 거죠?"

운정이 고개를 끄덕였다.

"그렇다, 시아스. 몸은 좀 어떠하냐?"

"좋아요. 날아갈 만큼. 그냥 좀 신기해서 가만히 누워 있던 것뿐이지, 당장 검을 들고 싸우라고 해도 좋을 만큼 몸이 괜찮아요. 엘리멘탈들과 대화하는 게 은근히 재밌네요. 지루할 틈이 없어요."

운정은 그녀를 내려다보며 말했다.

"너는 보기 좋게 마지막 관문을 통과했다. 이는 단순히 네 개인의 성공을 넘어서 신무당파 전체의 성공이다. 두 엘리멘탈을 이용하여 신무당파의 정식 제자들이 내력의 제약을 최소화할 수 있다는 사실을 몸소 입증하였다. 이는 신무당파의 역사에 절대로 잊지 않을 중요한 순간이다."

시아스는 희미한 미소를 지었다.

"그것 참 좋네요."

운정도 같이 웃어 보이고는 자리에서 일어났다.

"그럼 좀 더 쉬면서 새로운 감각에 적응하고 있거라. 잠시 왕궁에 다녀오마."

시아스는 운정을 슬쩍 올려다보다가 말했다.

"예, 알겠어요, 마스터. 잘 다녀오세요."

운정은 문밖으로 나가며 말했다.

"내가 오면 누구를 또 정식 제자로 받아들일지 한번 의논해 보자꾸나."

그렇게 운정의 모습이 사라질 때까지, 시아스의 눈길은 그를 향해 고정되어 있었다.

*   *   *

왕궁에 도착한 그는 우선 집무실에 갔다.

렉크는 여전히 같은 자리에 앉아 많은 귀족들과 논의하고 있었는데, 아침에 봤던 귀족들과는 다른 사람들 같았다.

렉크는 문밖에 운정이 보이자 말했다.

"마법부에서 준비를 다 끝냈다고 합니다. 태학공자가 지금 NSMC에서 저희가 준 마법 책들을 모두 확인하고 있으니 그와 상의하신 후, 언제든 알비온 수석 마법사에게 말씀해 주십시오. 그러면 차원이동 마법을 가동할 것입니다, 타이지 백작."

운정은 고개를 끄덕여 보이고는 바로 NSMC로 갔다.

NSMC 중앙에는 거의 하나의 작은 산을 이루고 있을 정도로 많은 빈 마나스톤들이 쌓여 있었다. 마나스톤으로 만들어진 산은 그 안에서 다 큰 성인이 수영도 할 수 있을 만큼 거대했다.

제갈극은 거기에 아무렇게 앉은 채 한 서적을 읽고 있었는데, 그의 앞에는 백여 권의 서적이 그의 키만큼 쌓여 있었다.

그는 막 NSMC에 들어온 운정을 한 번 흘겨보더니 다시 서적으로 눈길을 돌렸다.

"그들이 장난질을 치는 것 같지는 않구나. 본좌가 필요한 지식들을 전부 준비해서 주었느니라."

마법 책들은 아마 스페라가 직접 준비해 주었을 것이다.

운정은 그에게 다가와 말했다.

"델라이에서 뭐 하러 그런 짓을 하겠습니까? 다 확인하지 않으셔도 맞을 겁니다."

제갈극은 책을 탁 하고 덮었다.

"그렇겠지. 이백여 개의 책 중 지금껏 본좌가 무작위로 확인한 수는 총 열한 개. 그중 본좌가 원하지 않았던 지식이나 혹은 그럴싸해 보이는 지식은 존재하지 않았다. 그러니, 그들이 장난질을 쳤을 가능성은 극히 적어. 거기에 네 말까지 없는다면 믿을 만하겠지."

"그럼 이제 차원이동을 해도 되겠습니까?"

"좋다."

운정은 잠시 마법부로 가서 알비온에게 말했다. 알비온은 마법사들을 불러 모으겠다고 답했고, 운정은 먼저 NSMC로 왔다.

제갈극은 다른 서책을 읽고 있었는데, 매우 집중하고 있었다.

운정이 한어로 말했다.

"한 가지 말씀드리고 싶은 것이 있습니다."

제갈극은 책을 살짝 내리고 운정을 올려다보았다.

"뭐지? 차원이동이 불가능한 것이냐?"

"그것이 아닙니다. 혈마석에 관련된 것입니다."

제갈극은 흥미를 잃었다는 듯 눈길을 다시 내렸다.

"무용지물이 된 그것에 관해서 무슨 이야기를 하고 싶은 것이냐? 사과를 하고 싶은 거라면 상관없다. 어차피 그건 천마신교의 마인들에게 팔아먹으면 되니까."

운정은 잠시 말이 없다가 곧 입을 열었다.

"혹 천마신교에 혈마석을 제공함으로써 독립하는 것입니까?"

제갈극은 다시금 책을 살짝 내리고 운정을 보았다.

"그 정도야 충분히 예상할 만한 것이긴 하지. 본좌는 확실히 그런 생각을 가지고 있다. 본교에서 독립을 싫어하는 세력은 모두 정통 마인들로 구성된 진마교이다. 그들에게 혈마석을 신물주의 대안으로 던져 주면, 제갈세가의 독립 정도야 눈감아 줄 것이다."

"……."

"그뿐이랴? 본래의 천마신교로 돌아가야 한다고 믿는 그들의 입장에선 제갈세가가 천마신교를 떠나 주는 것은 오히려 기쁜 일이다. 거기에 내가 명분까지 만들어 주니, 그들로선 환영할 수밖에 없다."

운정은 나지막하게 말했다.

"비슷한 상황에 처한 곳이 있습니다. 이미 아실지 모르겠지만."

"혈교를 말하는 것이더냐?"

"역시 아시는군요."

제갈극은 심드렁한 표정으로 다시 눈길을 책자로 가져갔다.

"그들이 네게 접근했군."

"엄밀히 말하면 도움을 요청한 것입니다. 혈교주가 말하길, 이대로 가다간 천살성이 모조리 몰살당할 거라고 하더군요."

"그래서? 천살성은 그 본성 자체가 사회를 이룰 수 없는 자들이다. 그런 그들을 억지로 하나로 모아서 만든 혈교가 단 한 세대라도 유지되리라 믿느냐? 지금까지 혈교가 유지될 수 있었던 것은 그것이 천마신교에 기생하고 있었기 때문이다.

그들과 나의 입장은 다르니라."

"……."

운정이 아무 말을 하지 않자, 제갈극이 정작 더 신경 쓰였다. 그는 결국 책을 내리면서 말했다.

"갑자기 혈교의 이야기를 본좌에게 하는 이유가 무엇이냐?"

운정은 한숨을 쉬더니 말했다.

"공존을 추구하는 신무당파의 선을 이루기 위해선, 그러한 생물들, 이를테면 기생을 삶의 방식으로 선택한 생물에 대해선 어떻게 대해야 할까 아직도 고민이 있습니다."

"간단한 질문을 해 보지. 일단 모조리 몰살하는 건 왜 안 되느냐?"

"그것 또한 생명입니다."

"타인의 생명을 취함으로 살아가는 생명이다. 그것이 정녕 생명이라 할 수 있겠느냐?"

"그렇다면 어디까지가 기생이고 어디까지가 기생이지 않은지 정의를 내려야 합니다. 그 정의를 함부로 내렸다간 독선에 치달을 겁니다."

제갈극은 팔짱을 끼더니 말했다.

"형이상적인 이야기는 관두자. 그냥 현실의 예를 이야기하자구나. 뜬구름을 잡으려는 것보다는 좋겠지."

운정은 고개를 끄덕였다.

"좋습니다."

제갈극은 나지막하게 말했다.

"혈교, 정확히 말하면 천살성들이지. 그들은 필연적으로 살인을 추구한다. 타인의 생명을 존중치 않는데, 그러한 무분별한 폭력성은 자기들끼리도 예외가 없어서, 스스로의 사회를 이루지 못한다. 즉 자생치 못해 기생하는 인간들이라 봐야겠지."

"그 부분에선 동의합니다."

"그럼 타인의 생명을 존중치 않는 그들을 왜 보호하려 하느냐? 그들이 도태돼선 안 되는 이유는 무엇이냐?"

운정은 신무당파의 개파 선언문을 떠올리며 말했다.

"공존의 기본 조건은 다양성입니다."

"다양성?"

"공존이 가능한 생명은 최대한 다양해야 합니다."

제갈극은 코웃음 쳤다.

"천살성들의 삶의 방식도 다양성의 범주에 들어간다는 것이냐? 타인의 삶을 전혀 존중치 않고 자신의 욕구만을 따라 사는 그들이? 그들은 그 어떤 인간 사회에도 필요한 존재들이 아니다."

"그렇습니다. 그들의 본성은 분명 지금은 오답일 수 있습니다. 하지만 앞으로 어떤 세상이 펼쳐지느냐에 따라 그들의 본성이 정답이 될 수도 있는 것입니다. 미래를 알 수 없는 한, 그들이 필요치 않다 여길 수 없습니다."

제갈극은 이해했다는 듯 고개를 끄덕였다.

"즉, 보존은 하자는 거구나."

"현재 다른 생물들이 감당할 수 있는 선 안에서는, 그들의 특생과 삶의 방식을 멸절해선 안 된다고 생각합니다."

"흐음."

"과거 천살가일 때는 그 선을 잘 지킨 것처럼 보였습니다. 천마신교라는 특수한 사회에 기생했기에, 그들은 명목을 계속해서 유지할 수 있었습니다. 하지만 신물이 사라지고 천마신교 또한 큰 변화를 직면하고 있습니다. 이 격변의 시간에 천살성은 멸종을 눈앞에 두고 있습니다."

"……."

"혈교주는 이를 타파하고자 제게 접근한 것입니다. 그리고 전 천살성들을 돕고자 합니다. 과거 그들이 천마신교라는 울타리 안에서 명목을 유지한 것처럼, 그러한 울타리를 만들어 주고 싶습니다."

제갈극의 시선이 몇 번이고 움직였다.

그는 곧 툭 하니 말했다.

"그래서 내게 바라는 것은?"

운정이 대답했다.

"역혈지체가 아니라 천살성을 만들 수 있는 변형 혈마석. 이것의 비밀을 천살가에 알려 주십시오. 천마신교를 통해서가 아니라."

제갈극이 대답했다.

"왜지? 독립성을 더욱 견고히 하려는 것인가?"

운정은 고개를 저었다.

"아닙니다. 혈교주와 흠진 그리고 악존 모두 울타리의 필요성을 자각했습니다. 그들은 혈교가 마교에 붙어 있어야 한다고 생각하는 입장이니, 마교에서 벗어나기 위해서 변형 혈마석을 직접 거래하려는 것이 아닙니다."

"그러면, 왜 직접적인 통로를 원하는 것이냐?"

"변형 혈마석 때문에 어쩔 수 없이 천마신교에 부속한 것이 아니라, 자발적으로 있기 위함입니다. 그래야만 다른 천마오가들과 동등한 대우를 받을 수 있으니까요. 어쩔 수 없이 부속해 있다면, 끝까지 비슷한 문제가 발생할 겁니다."

"만약 그 이후, 그들이 천마신교에 더 이상 붙어 있지 않게 된다면?"

"그들의 삶이 기생이 아닌 것을 증명하든, 혹은 멸종하든 둘 중 하나겠지요. 하지만 후자의 경우는 어쩔 수 없습니다. 그들의 선택이니까요."

제갈극은 손을 들어 미간에 가져갔다.

그렇게 꽤나 오랫동안 고민하는데, 운정의 뒤에서 마법사들이 NSMC 안으로 들어오기 시작했다.

제갈극이 손을 내리더니 말했다.

"좋다. 대신 본좌가 그들에게 원하는 것은 제갈세가의 독립을 최대한 도와주는 것이다. 제갈세가와 우호적인 관계를 유지한다면, 변형 혈마석을 필요한 만큼 공급할 것이다."

운정은 고개를 끄덕였다.

그러곤 공용어로 말했다.

"그 말을 전하겠습니다. 알비온 수석 마법사님?"

한어로 이뤄진 대화에 눈치를 보던 알비온이 운정에게 대답했다.

"아, 말씀이 다 끝나셨군요."

"예. 바로 차원이동 마법을 시전해 주셨으면 합니다."

"알겠습니다. 중원에서 마나스톤에 마나가 가득 차는 것을 운정 도사님께서 확인하시면, 저희에게 알려 주십시오. 그럼 저희가 다시 가져올 것입니다."

"알겠습니다."

운정이 뒤로 물렀다.

그러자 마법사들이 다 같이 주문을 외우기 시작했고, 곧 제갈극과 서책들 그리고 산더미 같은 빈 마나스톤이 공간의 균열 속으로 사라졌다.

알비온은 지친 기색을 하고 운정에게 말했다.

"안전하게 도착했습니다."

운정은 고개를 끄덕이고는 포권을 취했다.

"감사합니다."

운정은 그 자리에서 제운종을 펼쳤다. 막 차원이동을 끝낸 NSMC를 이용하기 어려웠기 때문이다.

그는 그대로 신무당파로 갔다. 시아스를 만나 자초지종을 설명하고는 잠시 중원에 머무르겠다고 말했다. 그녀는 알겠다며, 정식 제자 후보들을 생각해 놓겠다고 말했다.

조령령 역시도 잘 다녀오라며 인사했지만, 약속일까지 4일이 남았다는 말을 빼놓지 않았다.

운정은 이후 공간이동해 카이랄로 향했고, 중원으로 빠져나와 동굴에서 얼마 떨어지지 않은 곳에서 제갈극을 만날 수 있었다.

산더미 같이 쌓여 있는 빈 마나스톤도, 몇 줄로 쌓여 있는 마법 책도, 그리고 빈 마나스톤 위에 앉아 책을 보고 있는 제갈극도 그대로였다.

운정이 말했다.

"두통이 없으신가 봅니다?"

제갈극은 운정을 한 번 흘겨보고는 자리에서 일어나며 말했다.

"이해했으니까. 아무튼 그래서, 이 빈 마나스톤은 어쩔 거냐?"

운정이 대답했다.

"중원의 기운은 너무나 풍부해서 정기가 가득한 산봉우리 위에 올려다 두면, 별다른 조치가 없어도 자연적으로 채워질 겁니다."

"아마 꽤 걸릴 텐데?"

"어차피 중원에서 일이 조금 남아 있으니, 그 일을 해결하고 가면 될 듯합니다."

"그렇군……."

"왜 그러십니까?"

제갈극은 고개를 슬쩍 돌려 빈 마나스톤을 보고는 말했다.

"만약 네가 원한다면, 본좌가 없어도 얼마든지 이 빈 마나스톤을 중원으로 보내고 마나를 채워서 다시 파인랜드에 가져갈 수 있지 않느냐? 굳이 내가 이 마법 책들을 얻도록 도와주지 않았어도 됐을 텐데?"

운정은 미소를 지으며 대답했다.

"당신이 혈교를 얻고 싶은 것처럼 전 제갈세가를 얻고 싶은 것입니다. 그뿐이지요."

"……."

운정은 왼손을 들었다. 그러자 산더미처럼 쌓인 빈 마나스톤들이 하나도 빠짐없이 그 자리에서 살짝 들렸다.

운정은 호흡을 깊게 하면서 대기에서 선기를 빨아들였다. 그리고 단전으로 보내 실프의 도움을 받아 빠르게 소모되는 내력을 채웠다.

제갈극이 말했다.

"그럼 난 천마신교로 돌아가 보겠다."

운정이 말했다.

"조금 있다가 같이 가시지요. 금방 올려다 놓고 오겠습니다."

운정은 그렇게 말한 뒤에, 빈 마나스톤들을 바람으로 든 채 경공을 펼쳐 한쪽으로 사라졌다.

제갈극은 그 모습을 보더니 곧 나지막하게 중얼거렸다.

"참 나."

第一百三章

제갈극과 운정은 함께 천마신교 낙양본부로 들어섰다.

그 즉시 교주를 만나고 싶다 청했는데, 공방전으로 오라는 말을 들었다.

때문에 그들은 공방전이 있는 지하로 내려가야 했는데, 케케묵은 먼지와 쇠 냄새가 가득했다.

혈적현은 한쪽에 앉아 무언가를 열심히 만들고 있었다. 간담을 서늘하게 만드는 날카로운 소리가 계속해서 울렸다. 가끔씩은 불꽃이 피어나 눈을 부시게 만들었다. 그는 미동조차 하지 않고 계속해서 자기 일에 집중했다.

운정이 뭐라고 말을 하려는데, 혈적현이 먼저 입을 열었다.

"제갈극, 조고가 사라졌다."

운정은 그가 누군지 몰랐다. 하지만 제갈극은 잘 아는 듯했다.

"조고가? 어떻게?"

혈적현은 손을 멈추고는 한숨을 내쉬며 말했다.

"그뿐만 아니라, 지화추도 지자추도 사라졌다. 그들 모두 원로원에 들어가는 것을 마지막으로 모습이 확인되고 있지 않아."

"……."

"아마 조고가 납치를 당한 듯싶다. 기계공학에 있어서는 그가 제일이니까."

제갈극은 나지막하게 말했다.

"조고가 협력하는 것일 수도 있느니라."

혈적현은 믿을 수 없다는 듯 말했다.

"그럴 리가 없다. 무슨 의도로? 무엇을 얻으려고? 그 아이는 천생 고아다. 내가 아들처럼 가르쳤어. 그런데 그가 왜 나를 배신한다는 거냐?"

그때, 운정의 머리를 스쳐 지나가는 기억이 있었다.

지화추와 지자추, 그리고 어린 남자아이.

그가 기억을 더듬으며 말했다.

"혹시 그 아이가 지화추와 함께 원로원에 들어왔습니까?"

혈적현이 대답했다.

"혹시 그의 소재를 아느냐?"

"당시 전 노향이란 이름을 가진 원로에게 볼일이 있었습니다. 그와 만나고 나오는 길에 마주쳤지요. 노향과 지자추 어르신, 그리고 지화추 단장, 또 그 남자아이 모두 하나의 일로 지자추 어르신의 거처에 모였던 것 같습니다. 제가 보았을 땐, 그가 강제로 함께하는 것 같지는 않았습니다만."

그 마지막 말에 혈적현은 고개를 돌렸다.

한쪽 눈이 텅 비어 있었다.

"실제로 직접 본 것이냐?"

운정이 대답했다.

"그렇습니다."

혈적현은 잠시 말을 못 하다가 이내 중얼거리듯 말했다.

"실종된 이 중엔 노향도 있었다. 그리고 제갈극, 네가 데리고 있던 그 화산파 강시 말이다. 소청아라 했던가? 그녀도 사라졌다."

이에 제갈극이 눈썹을 찌푸렸다.

"뭐라고? 그럴 리가 없느니라. 그녀는 내 실험실 안에만 있었을 것이니라. 그녀가 어떻게 밖으로 나올 수 있느냐?"

혈적현이 말했다.

"난 조고가 사라지고 나서 그의 행적을 모조리 조사했다. 이에 확실히 사라진 것으로 추정되는 이는 내가 말한 다섯이다. 소청아를 포함해서."

제갈극은 적지 않은 충격을 받은 듯했다.

그는 파인랜드로 떠나기 전에, 자기가 없는 동안 실험실을 지키지 못할까 걱정했었다. 그런데 실제로 누군가 그의 실험실에 있는 소청아를 빼돌린 것이다.

제갈극은 씹어 내뱉듯 말했다.

"마법사가 관여되어 있다. 그것도 상당한 실력의 마법사가. 그렇지 않고서야 본좌의 실험실이 뚫릴 리 없어! 쳇. 당시에 본좌가 지금의 실력만 있었어도 절대로 일어나지 않았을 텐데! 별일이 없다면 나는 내 실험실로 돌아가고 싶으니라. 가서, 무엇이 사라지고 없어졌는지 더 살펴봐야겠다!"

혈적현은 고개를 끄덕였고, 제갈극은 그길로 사라졌다.

운정은 천천히 혈적현을 보았다. 한쪽 눈이 퀭한 것을 제외하고서라도, 그의 안색은 그리 좋지 못했다. 머리는 전부 산발이었고, 피부는 푸석푸석했으며, 꽤 마르기까지 한 것 같았다.

운정이 말했다.

"조고라는 아이에게 정을 많이 주었나 봅니다."

하나만 남은 혈적현의 눈이 땅을 향했다.

"내가 아이를 낳지 못하는 몸이라… 거의 자식처럼 생각했다. 하나를 가르치면 열을 깨닫는 것이, 정말 가르치는 재미를 주는 아이였지."

"……."

"분명히 보았느냐? 그 아이가 납치된 것이 아니라 스스로 원로원에 들어간 것을?"

혈적현은 끝까지 믿고 싶지 않은 듯했다.

운정은 고개를 끄덕였다.

"그렇습니다. 지화추 단장 옆에서 같이 걸어 들어갔습니다. 그 당시 눈빛을 생각해 보면……."

"해 보면?"

"짙고 낮게 가라앉아 있었습니다. 호기심이나 그런 것 때문에 지화추를 따르는 것처럼 보이지 않았습니다. 분명 자기가 어디를 가는지, 왜 가는지 정확히 아는 눈이었습니다."

"……."

"그러니 아마 자발적으로 천마신교를 떠나지 않았을까 싶습니다."

혈적현은 얼굴을 구겼다.

그러곤 의수인 오른팔을 들어 탁자를 내려쳤다.

쾅-!

충격을 받은 탁자가 부서지면서 자욱한 먼지를 풍겼다. 혈적현은 이에 아랑곳하지 않고 분노를 토해 냈다.

"왜! 대체 왜!"

운정이 나지막하게 말했다.

"그가 기계공학을 공부했다면, 아마 박소을이라는 자와 연관성이 있지 않나 싶습니다."

그 말에 혈적현의 얼굴이 대번에 바뀌었다.

"박소을?"

운정이 설명했다.

"기계공학은 본래 박소을이라는 자가 가져온 것으로 알고 있습니다. 그가 자신의 세계에서부터 가져온 지식입니다. 그리고 그의 소재를 바로 알고 있는 사람은 지화추 단장이지요. 그러니 지화추 단장이 조고를 천마신교에서 데리고 나갔다면, 아마 박소을이란 자에게 데려가기 위함이 아닌가 싶습니다."

혈적현은 입을 살짝 벌렸다. 그러더니 자신의 이마를 부여잡고 머리를 흔들었다.

"과연! 내가 왜 이것을 지금까지 생각하지 못한 것이지. 하아, 정말로 제정신이 아니군. 제정신이 아니야."

운정이 나지막하게 위로했다.

"마음을 주었던 자에게 배신을 당하면 누구든 흔들리게 마련입니다. 마음을 다잡으시지요."

혈적현은 눈을 질끈 감았다.

그가 조용히 말했다.

"그렇다면… 믿고 싶지 않지만… 조고가 내 인공 영안을 의도적으로 훔친 것이겠군. 나는… 혹시나 조고가 영안을 가지고 있어서, 적이 그를 죽이고 탈취한 것이 아닌가 했다. 그의 시신을 숨긴 것이 아닌가 했지. 하지만 네가 본 것이 사실이라면, 나 때문에 조고가 죽게 된 것이 아니고 조고가 날 배신한 것이겠지. 그것이 진실이겠지."

말 자체는 담담했지만 그 목소리에서 느껴지는 허탈감과 처절함은 이루 말할 수 없었다.

그리고 그럴수록 운정은 명확하게 말했다.

"제가 본 것은 그 아이가 자발적으로 원로원에 들어간 것입니다. 영안을 가지고 있었는지는 모르겠습니다."

혈적현은 몸을 살짝 비틀거리더니, 아까 앉아 있었던 그 의자에 털썩 주저앉았다. 그는 몸을 앞으로 하고 한참을 숨을 골랐다. 하지만 그럼에도 전혀 진정이 되지 않는지, 그의 얼굴은 괴로움만이 가득했다.

운정은 아무런 말도 하지 않고 가만히 그를 기다려 주었다. 그러자 혈적현이 먼저 입을 열었다.

"난 이제 마조대를 믿을 수 없게 되었다. 지화추 단장이 사라진 것이 실종된 탓이 아니라 스스로 잠적한 것이라면, 마조대 또한 완전히 진마교로 돌아섰다는 뜻이 되겠지. 내 눈과 귀는 완전히 어두워졌어. 아무것도 제대로 확신할 수 없고,

아무것도 제대로 믿을 수 없게 되었다, 태극마선."

"……"

혈적현은 양손을 들어서 머리를 부여잡았다.

"후우, 후우, 앞으로 무슨 일이 벌어질지 도저히 알 수가 없어. 아무것도 예상되지 않는다. 조고는 왜 날 배신했으며, 지화추는 왜 천마신교를 떠났으며, 또 노향은 뭐고 지자추는 뭔지… 아무것도 모르겠다, 태극마선. 지금의 나는 지금 일어나고 있는 일을 하나도 이해할 수 없다."

"……"

"이럴 때 피월려는… 피월려는 뭐 하는지. 그 개자식만 있었어도 이렇게까지 되진 않았을 텐데. 도대체 어디서 뭘 하고 있는 거지. 정말로 실종된 건 맞는 건가? 혹여 죽은 것인가?"

운정이 단조로운 목소리로 대답했다.

"심검마선은 곧 돌아올 것입니다."

혈적현의 얼굴이 들렸다.

"뭐?"

운정이 말했다.

"제갈극은 그를 되돌리는 마법을 모두 익혔습니다. 이제 시간을 좀 들이면 그를 소환할 수 있을 겁니다."

그 순간 혈적현의 창백한 얼굴에 혈색이 돌았다.

"저, 정말이냐?"

운정은 고개를 끄덕였다.

"그렇습니다."

혈적현은 자리에서 벌떡 일어났다.

"그럼 우리도 지고전으로 가 보자. 지금 당장."

그는 밖을 향해 걷다가, 곧 무언가 잊은 듯 다시 안으로 들어왔다. 그리고 한쪽에 걸려 있는 안대 하나를 꺼내서 텅 빈 눈을 가렸다.

그들은 그길로 지고전으로 향했다.

지고전의 대문은 활짝 열려 있었다.

그들은 제갈극의 실험실 앞까지 걸어갔다.

지하로 향하는 계단의 대문은 한쪽이 완전히 일그러져 있었다. 거대한 손이 그것을 잡고 구긴 것처럼 보였다.

"누가 이런 일을 했습니까?"

혈적현은 고개를 흔들었다.

"모른다. 내가 처음 이에 관해 받은 보고는 누군가 소청아를 들고 사라졌다는 내용뿐이었다."

혈적현은 구겨진 문틈을 통해 안으로 들어갔다. 운정도 즉시 따라 들어갔다.

계단 아래에서는 제갈극의 고함과 방방 날뛰는 소리가 들려왔다.

"어떤 놈이냐! 어떤 놈이야! 감히! 감히!"

그는 욕설을 섞어가며 이것저것을 마구 집어 던지고 있는
듯했다.

운정과 혈적현이 제갈극이 있는 방 앞에 서자, 갑자기 쥐
죽은 듯이 조용해졌다. 그들이 안으로 들어가니, 마구 어질러
져 있는 방 안 중앙에, 제갈극이 고개를 푹 숙이고 앉아 있었
다.

그가 중얼거렸다.

"정채린도 사라졌다."

"……."

"……."

"이래선 심검마선을 되찾을 수 없어. 무조건 정채린이 있어
야 하느니라."

혈적현은 호흡이 멎은 듯한 한숨을 내쉬었다.

숨 막힐 듯한 정적이 그 셋 사이에 찾아왔다.

혈적현은 한쪽에 있는 의자에 앉았고, 운정은 가만히 그 자
리에 서 있었다.

모두가 말없이 생각에 잠겨 있는데, 운정이 먼저 침묵을 깼
다.

"이대로 가만히 있을 수는 없습니다. 상황을 이해해 보도록
하지요. 일단 실종된 사람들은 전부 누가 있습니까?"

제갈극이 고개를 슬쩍 들더니 혈적현과 눈을 마주쳤다.

혈적현도 눈을 살짝 감더니 말했다.

"조고, 지화추, 지자추, 노향, 소청아, 그리고 정채린. 이렇게 여섯이다."

운정이 말했다.

"제가 본 것은 조고와 지화추 그리고 지자추와 노향. 이렇게 넷이 원로원에서 모인 것입니다."

이어서는 제갈극이 말했다.

"그럼 그 넷이 일단 일을 꾸몄다고 가정하자. 그들 중 누군가가 소청아와 정채린을 데려간 것이다."

이에 운정의 표정이 살짝 굳었다.

혈적현이 이를 보고는 물었다.

"왜 그러지?"

운정은 전날의 일을 회상하며 말했다.

"전에, 지고전에서 수상한 기운을 느꼈었습니다. 이곳에 잠복해 있다가 어딘가로 은밀히 움직였었습니다. 그래서 전 그 기운을 따라서 가 봤습니다. 그 기운은 원로원의 한 건물에서 멈췄는데, 그곳은 노향 어르신의 집이었습니다."

제갈극이 운정에게 물었다.

"노향은 어떤 자지? 그에 대해서 아는 바를 말해 보거라."

운정이 대답했다.

"노향 진인이라 하여, 제 사부님과 같은 연배의 대사형이자,

무당파의 장문인이었던 분이 계십니다. 그분은 아마도 태극마심신공을 익혔다가 주화입마에 들어서 마교 원로원에 들어온 것이 아닌가 합니다. 하지만 그도 조금 의심스러운 점이 있습니다."

혈적현이 물었다.

"어떤 면에서?"

"무당파는 백도입니다. 좌도를 경시하는 경향이 있지요. 장문인이라면 말할 것도 없습니다. 노향진인께서는 은잠술 같은 것을 배울 기회도 없었을뿐더러 배울 수 있다 해도 스스로 거절했을 겁니다. 전 우연치 않게 태극마심신공을 익힌 한 노마두가 노향진인의 행세를 하는 것이 아닌가 합니다."

그 말에 혈적현이 대답했다.

"가능하다."

"예?"

혈적현은 운정을 바라보며 말했다.

"과거 태극검선이 이끌던 시기에 태극마심신공과 무당의 술법, 그리고 마공을 이용하여 특수한 암공을 태극진인들이 익혔었다. 실제로 그 암공은 매우 뛰어나서, 심검마선도 꽤나 인상 깊었다고 말했었지."

"……"

"태극마심신공을 익힌 사람이라면, 아마 반드시 익혔을 것이다."

운정이 고개를 저었다.

"백도인의 뿌리 깊은 우월주의를 잘 모르셔서 하는 말씀입니다."

혈적현은 단호하게 말했다.

"애초에 태극마심신공으로 인해 무당파는 마에 젖어 있었다. 검선이 죽고 나서 좋아지기는커녕 더욱 심해져서 결국 무당파가 멸문하는 결과를 초래하게 되었다. 아무리 장문인이라고 하나 태극마심신공에 손을 댄 이상, 백도인이 가진 소양이나 자존심은 모두 버렸을 것이다. 흑도인처럼 오로지 힘을 추구하는 사람이 되었겠지."

"……"

"아무튼, 그래서 그 노향이라는 원로가 지고전에 잠복하고 있었다는 것이냐?"

운정은 고개를 끄덕였다.

"그뿐 아니라, 전에 제가 지자추 어르신과 지화추 단장 그리고 박소을에 대해서 이야기를 했을 때에도, 건물 밖에서 엿들었던 것 같습니다. 아마 그때 이후로 그들과 연합하여 일을 진행하지 않았나 싶습니다."

그때, 제갈극이 운정에게 물었다.

"그들이 왜 네게도 접근했지?"

운정이 대답했다.

"무슨 일인지 모르겠지만, 어떤 계획을 위해서 절 회유하려고 했던 것 같습니다. 전 거절했고요."

"……"

"그러고 보니 원로원 앞에서 지화추 단장을 마주쳤을 때, 그가 제게 말했었습니다. 제가 필요했던 이유가 채워졌다고. 아마 노향진인이 그 부분을 채운 것이 아닌가 합니다. 그리고 그건 정황을 미루어 짐작했을 때, 소청아와 정채린을 빼돌리는 것이겠지요."

그 말에 혈적현이 날카롭게 물었다.

"그럼 왜 그들이 소청아와 정채린을 빼돌리고 싶어 했을까?"

운정이 턱에 손을 올렸다.

그때, 제갈극이 분노에 찬 목소리로 말했다.

"심검마선을 돌아오지 못하게 만들려는 속셈이겠지."

이에 운정이 고개를 저으며 천천히 말했다.

"그것보다 다른 이유가 있는 듯합니다."

"어떤 것?"

운정은 턱을 만지던 손을 멈추더니 나지막하게 설명했다.

"노향이 진짜 노향진인이며 당시 엿들었다고 가정할 경우, 무당파의 정기를 되찾을 수 있다는 말은 그에게 엄청난 유혹

이 됐을 겁니다. 저 또한 그 말을 들었을 때 잠시나마 마음이 흔들렸으니까요. 살아남은 무당파의 제자라면 마음이 흔들리지 않을 수 없는 말입니다."

혈적현이 물었다.

"그럼 소청아는?"

"소청아도 비슷한 이유라 봅니다. 제가 원로원에서 지자추 어르신과 마주했을 때, 소청아에 대해서 경고한 일이 있습니다. 그녀를 놔주라고 말이지요. 하지만 지자추 어르신은 그녀를 통해서 화산의 무공을 기필코 마공으로 만들겠다는 결의를 보여 주었습니다."

"……."

"그렇다면 노향진인은 그들과 본래부터 함께하던 인물은 아니라는 겁니다. 정채린과 소청아를 빼돌리는 대신에, 무당파의 정기를 얻는 것이지요. 지자추 어르신은 소청아를 얻을 수 있고요."

제갈극이 말했다.

"그것은 어디까지나 지자추와 노향진인의 이해관계다. 하지만 이해관계는 더 있어. 조고와 지화추는 어떻게 설명할 것인가?"

운정은 혈적현을 보았다.

"그건 교주님과 박소을의 관계에 대해서 좀 더 알아야지만 추측할 수 있다고 생각됩니다."

"……."

혈적현은 가만히 침묵을 지켰다.

이에 운정이 다시 말했다.

"교주님, 그에 관해서 좀 더 알려 주실 수 있겠습니까?"

혈적현은 심호흡을 하며 생각을 정리하더니 이내 말을 시작했다.

"어디까지 알고 있는지 모르니, 처음부터 말하겠다. 박소을은 본래 미내로라는 마법사의 패밀리어였다. 중원에 와서 그녀의 꼭두각시 노릇을 했지. 하지만 미내로가 진설린으로 패밀리어를 바꾸려 했기에, 그의 자의식이 조금씩 돌아왔다. 그는 자신의 굴레에서 벗어나고자 했어. 그래서 나에게 기계공학을 전수해 주며 이를 통해서 미내로에게 복수해 달라 했어."

"……."

"……."

"당시 나는 무공을 되찾을 수 없었지만 강해지고 싶다는 열망은 누구보다도 컸다. 때문에 그의 제안을 받아들이고 공방전을 만들어 기계공학을 공부했다. 기계공학은 배우면 배울수록 놀랍기 그지없는 학문이었다. 그로 인해서 나는 무공도 없이 무림인과 같은 수준의 무력을 보유할 수 있게 되었다."

운정은 자신이 아는 부분을 말했다.

"이후 박소을은 석가장흑백전(石家莊黑白戰)에 내몰려 죽었지요. 하지만 사실 청룡궁에서 그를 억류하고 있었습니다. 그리고 그에게 기계공학에 대한 지식을 얻어 냈습니다. 내력을 사용하지 못하는 용아신체에 너무나 잘 맞는 것일 뿐 아니라 애초에 수학과 공학에 일가견이 있는 가문이다 보니, 그 학문을 매우 빠른 시일에 모두 흡수할 수 있었습니다. 그러던 중 제가 은허에서 우연치 않게 박소을을 찾아냈습니다. 이를 계기로 그는 도주할 수 있었지요. 하지만 곧 지화추가 그를 다시 찾아냈습니다."

"그래, 그렇게 보고받았었지."

"저는 그 이후에 교주님과 무슨 일이 있었는지 알고 싶습니다."

이에 혈적현이 고개를 끄덕이며 말했다.

"내가 직접 그를 만났다. 그는 정신적으로 매우 불안했지. 전에 내게 기계공학을 전수해 주었던 기억조차 없는지, 나를 모르는 듯 보였다. 미내로에 관해서도 모르고. 그가 기억하는 것이라고는, 사고를 당해서 구출되었는데, 그 즉시 누군가에 의해 살해를 당했다는 것뿐이다. 귀가 뾰족했다고 말하는 것을 보니 미내로인 듯했지만, 그 이름을 모르니 정확한 확인은 어렵다."

"그랬군요."

"박소을은 간단한 판단조차 하지 못할 정도로 정신이 피폐한 상태였어. 사고를 당한 채로 죽었고, 뱀파이어가 되어 패밀리어로 살았으니, 피폐하지 않으면 이상하지. 그는 그저 자신의 고향으로 돌아가고 싶다는 집념만이 가득했다. 그 소원을 들어주기만 한다면, 나에게 무엇이든 해 주겠다고 했어. 나는 당연히 기계공학에 대한 지식을 달라 했었지."

운정이 눈초리를 모으며 물었다.

"혹, 그 대화를 지화추 단장이 들었습니까?"

그때, 혈적현의 입이 살짝 벌어졌다.

그 뜻은 명확했다.

들은 것이다.

이를 똑같이 눈치챈 제갈극이 말했다.

"그럼 지화추는 조고를 빼돌려서 그 약속을 대신 이뤄 주려고 한 것인가? 조고도 기계공학에 일가견이 있으니까."

혈적현은 고개를 저었다.

"기계공학은 지식도 지식이지만 그것을 재현할 수 있는 도구들이 핵심이다. 공방전처럼 오랫동안 만들어 온 도구들이 없다면 박소을의 지식을 온전히 활용할 수 없을 것이다. 아무리 못해도 도구들을 준비하는 데 일 년은 걸릴 거야."

그 말에 운정은 청룡궁이 생각났다.

그곳의 용들이 사용하던 기계들.

그곳에는 공방전과 같은 도구들이 있지 않을까?

운정이 말했다.

"청룡궁에는 있을 겁니다. 제가 말씀드렸다시피, 그들은 이미 기계공학을 상당한 수준으로 터득했으니까요."

그 말에 혈적현이 중얼거리듯 말했다.

"흐음, 그렇다면 지화추는 조고와 박소을을 데리고 청룡궁으로 가야 한다는 것인데. 거기까지 이 일이 연결되어 있다는 것이라면 너무 많이… 잠깐."

혈적현의 표정이 멍해졌다.

그는 제갈극을 보았다.

제갈극도 혈적현을 보았다.

둘은 같은 표정으로 같은 말을 했다.

"조고?"

"조고?"

운정은 그 말을 듣고 나서야 그들이 무슨 생각을 했는지 알 수 있었다.

운정이 뒤에 덧붙였다.

"조씨로군요."

혈적현은 자리에서 벌떡 일어나 버렸고, 제갈극은 자기의 머리를 부여잡았다. 운정은 고개를 도리도리 흔들면서 허무한 미소를 지었다.

혈적현.

제갈극.

운정.

모두 뛰어난 두뇌를 가진 자들이다.

그러다 보니 당연히 볼 수 있는 걸 보지 못할 때가 가끔 있다.

그 셋 중 제일 먼저 정신을 차린 제갈극이 말했다.

"좋다. 좋아. 그러면 다시 돌아가자. 지화추는 조고와 박소을을 데리고 청룡궁에 갔을 것이니라. 박소을은 고향으로 데려다 주겠다고만 하면 청룡궁이든 아니든 그냥 지식들을 나불나불 댈 것이니."

이번엔 혈적현이 말했다.

"지자추와 노향 또한 같이 일을 꾸몄다. 서로의 목적이 맞으니까."

운정이 마지막으로 말했다.

"그렇다면 그 두 무리를 잇는 것이 무엇인지 알아내야 합니다."

이에 혈적현이 말했다.

"일단 지자추와 지화추가 혈연관계인 것이 있지. 하지만 그렇다고 해서 군이 같이 일을 할 필요는 없을 텐데."

제갈극이 이어 말했다.

"흐음, 한 가지 있긴 하다. 정채린을 빼돌렸다고 해서 쉽사리 무당파의 정기를 되찾을 수 있는 것은 아니야. 그것은 분명 마족 소환 주문을 확실히 아는 자들이어야만 가능한 것이니까. 따라서 고바넨이든 아니면 어둠의 마법사든, 그 둘 중 하나의 도움을 받아야만 한다. 게다가 애초에 내 실험실에 침입하려면, 그 무당파 노마두 혼자의 힘으로는 불가능했을 것이다."

이에 운정이 말했다.

"어둠의 마법사들은 청룡궁과 함께합니다. 그러니 청룡궁을 통해서 어둠의 마법사들을 섭외하여 무당산의 정기를 얻을 수 있을 겁니다."

혈적현이 말했다.

"그것은 어디까지나 지자추와 노향 쪽의 요구 사항이다. 그렇다면 지화추과 청룡궁에게는 왜 지자추와 노향이 필요한 것이지?"

제갈극이 말했다.

"내가 처음 말했던 것이 기억나느냐? 심검마선이 지옥에서 돌아올 수 없게 막으려고 정채린을 빼돌린 것이라고. 만약 디아트릭스를 무당산의 정기로 되돌린다면, 심검마선은 자연적으로 지옥에 영영 갇히게 된다. 그리고 그것 자체로 이미 청룡궁은 이익이 된다. 그들에게 심검마선보다 더 무서운 것은 없으니까."

운정이 말했다.

"하지만 지화추 단장이 이 모든 것을 꾸민 이유는 무엇이겠습니까? 그가 이렇게 함으로써 얻는 것은 무엇입니까? 그의 이해득실에 관한 의문만 해결된다면, 모든 것이 설명됩니다."

그 말에 혈적현이 눈을 감으며 말했다.

"그가 얻는 것은 간단하다."

"……."

"……."

운정과 제갈극이 그를 보자 혈적현이 눈을 다시 떴다.

타오르는 듯한 감정이 그 한 눈에 모두 담겨 있었다.

"그 또한 심검마선이 돌아오는 것이 싫은 것이다. 그리고 그것이 곧 진마교의 입장인 것이고."

"……."

"……."

"진마교는 심검마선이든, 나든, 뭐가 됐든, 본래 정통 마인인 교주가 지배하던 그 시절로 돌아가려는 것이다."

혈적현의 말을 끝으로 무거운 침묵이 그들 사이에 찾아왔다.

　　　　＊　　　　　＊　　　　　＊

　제갈극은 실험실을 고치겠다며 그곳에 남았다.

　운정은 이번 일에 대해서 전적으로 도와주기로 했다. 심검마선이 돌아오면 그와 함께 공존의 길을 추구하는 법을 모색하려 했으나 그의 귀환이 어려워졌으니, 그때까지 힘써 도와주는 것이 맞다는 판단에서였다.

　혈적현은 이에 큰 위안이 되었는지 마음을 잘 추슬렀다. 입신이라 알려진 운정이 그의 편에 있다면, 그 누구도 함부로 그를 대할 수 없을 것이다.

　충분한 논의 끝에, 운정은 외총부로 향했다.

　외총부 안에는 수많은 마인들이 일을 하고 있었다. 혈교와의 전쟁은 이미 기정사실화된 분위기이기 때문에, 밖으로 고수들을 파견하는 외총부의 일이 바쁠 수밖에 없었다.

　하지만 아쉽게도 오늘 이후로 모든 일을 멈춰야 했다.

　상명하복이 기본인 천마신교의 율법상, 대장로의 명령을 거스를 수 있는 자는 아무도 없었기 때문이다.

　"모, 모두 정지하라고요?"

　주하의 얼떨떨한 표정을 바라보며, 운정은 방긋 웃으며 고개를 끄덕였다.

　"그렇습니다. 이 시각 이후로 외총부는 혈교와 관련된 모든 일에서 손을 뗄 것입니다."

주하는 외총부의 장로들을 슬쩍 바라보았다.

모두들 같은 표정이었다.

주하가 다시 말했다.

"그게 무슨 말입니까, 대장로님."

운정은 똑같은 표정으로 말했다.

"말 그대로입니다. 천마신교는 혈교와 전쟁을 치르지 않을 겁니다."

그 말에 한 장로가 말했다.

"죄송합니다만, 대장로님. 혈교와의 전쟁은 거의 결정된 사항이라고 봐도 과언이 아닙니다. 본부 내의 마인뿐 아니라 본부 밖의 마인들도 모두 원하고 있습니다. 교주님의 명령 하나만 떨어진다면, 그날로 전쟁을 개시할 수 있을 정도로 이미 충분한 준비가 된 상태입니다. 그런데 갑자기 전쟁을 치르지 않겠다뇨? 너무나 갑작스러워서 어떻게 받아들여야 할지 모르겠습니다."

운정이 그 장로를 돌아보며 말했다.

"교주께서 명령하셨습니까? 혈교와의 전쟁을 준비하라고?"

"그, 그건 아니지만⋯⋯."

"그렇다면 다음 명령자는 제가 되겠군요. 맞습니까?"

그 장로는 떨떠름하게 대답했다.

"그, 그렇습니다."

"그럼 제가 혈교와의 전쟁에서 손을 떼라 명령하면 그 누구도 불복할 수는 없습니다. 맞습니까?"

"……."

"맞습니까?"

운정은 그 장로를 빤히 쳐다보며, 대답을 요구했다.

그 장로는 눈치를 살피더니, 고개를 살짝 조아리곤 말했다.

"그렇습니다."

운정의 미소가 더욱 깊어졌다.

"그렇다면 제 명령에 복종하십시오. 아니라면 생사혈전을 치르겠다는 말로 들을 것입니다."

그 말이 떨어지기 무섭게 모든 장로들의 얼굴이 굳었다.

주하의 입이 살짝 벌어졌다.

"조, 존명."

"존명."

운정은 그들을 모두 돌아보며 말했다.

"그럼 가서 제 명을 전달하십시오."

장로들은 서로의 눈치를 살피더니, 자리에서 일어났다.

하지만 주하는 계속해서 그 자리에 있었다.

모두가 나가자 주하가 입을 열었다.

"성정이 많이 변하셨군요."

"많은 일이 있었습니다."

주하는 한숨을 내쉬더니 말했다.

"어리석은 결정을 내리셨습니다. 오히려 역효과를 낼 겁니다."

"어째서 그렇습니까?"

주하는 몸을 조금 앞으로 하며 말했다.

"무림맹과 청룡궁을 상대로 승리를 거둔 천마신교의 마인들은 그 기세가 하늘을 찌를 듯 올라왔습니다. 그런 그들……."

운정은 주하의 말을 잘랐다.

"확실히 승리라 하긴 어렵지요."

주하는 잠시 운정을 노려보다가 대답했다.

"일단 인식은 그렇습니다."

"알겠습니다. 계속하십시오."

주하는 잠시 마른침을 삼킨 뒤에 말했다.

"그렇게 마음이 부푼 마인들은 천마신교의 오랜 염원인 천하 통일의 꿈을 절로 생각했습니다. 그리고 이 화살은 혈교로 이어졌지요."

"누가 의도한 것이라 보십니까?"

주하는 고개를 저었다.

"아닙니다. 이는 자연적인 것입니다. 천살가는 천마오가로 있을 때부터 배척을 받던 가문입니다. 그러니 심검마선을 등에 업고 혈교로 독립하였을 때, 많은 마인들이 괘씸하다는 생각을 했을 겁니다. 특히 다른 천마오가의 인물들이 심했겠지요."

"하지만 이젠 심검마선이 없으니 그들을 다시 흡수해도 된다?"

"부교주께서 돌아온 것이 오히려 역으로 작용했습니다. 둘다 지옥에 갔다고 알려졌지만, 부교주만 홀로 돌아왔습니다. 이는 심검마선이 돌아올 수 있겠다는 희망이 생기게도 하지만, 동시에 그까지는 돌아올 수 없는 것이 아닌가 하는 회의심도 키웁니다."

"사람의 마음은 묘하지요."

"그러다 보니, 심검마선의 보호 아래 있는 혈교를 향한 반발심이 고개를 든 것입니다. 더 이상 심검마선의 눈치를 볼 것 없으니까요."

"……"

"그리고 그런 상황에서 혈교를 향한 전쟁을, 지금 백도 출신인 태극마선께서 트신 겁니다. 이것이 시사하는 바가 무엇인지 아시겠습니까?"

운정이 말했다.

"자존심이 많이 상하겠군요."

"그 정도라면 다행이지요. 그나마 명맥을 겨우 유지하고 있는 천마신교의 정체성이 완전히 무너지리라 생각할 것입니다. 그리고 그 모든 화살은 대장로님에게로 향할 것이고요."

"좋습니다. 바라던 바입니다."

"……."

주하는 이에 할 말을 잃어버렸다.

운정은 방긋 웃으며 완전히 다른 대화 주제를 꺼냈다.

"주 부관께 큰 기쁨이 될 만한 소식이 하나 있습니다."

주하가 물었다.

"무엇입니까?"

"심검마선께서 돌아오실 수 있을 듯합니다."

주하의 얼굴에 기쁨이 확연히 들어찼다.

평소 절대로 보여 주지 않는 표정이었다.

"저, 정말입니까?"

"하지만 몇 가지 문제가 있습니다. 그리고 오늘 제가 주 부관과 이야기하고자 하는 부분이 바로 이것입니다."

주하의 눈빛이 빛났다.

"말씀하십시오."

"제갈극이 자신의 실험실에 두었던 정채린 소저가 사라졌습니다. 지자추 어르신과 지화추 단장 그리고 노향이라는 노마두가 일을 꾸민 듯합니다."

주하는 고개를 갸웃했다.

"어떤 일을 말입니까?"

이에 운정은 자초지종을 설명했다.

주하는 그 이야기를 들으며 깊게 고민하곤 말했다.

"흐음, 정채린 회주가 엮인 일이라면, 한번 부교주님의 생각도 들어 보고 싶군요."

운정이 대답했다.

"곧 교주께서 연락을 취하실 것입니다. 그리고 보니 묻지 못했군요. 지금 부교주께서는 무엇을 하고 계십니까?"

주하가 눈길을 아래로 향하며 말했다.

"화산으로 가셨습니다. 직접 가서 오해를 풀고 화산을 바로 세우고 돌아오겠다고 말입니다."

그 말을 하는 동안 그녀의 표정이 급격히 어두워졌다.

운정이 말했다.

"본교에서 반발이 만만치 않았겠군요."

주하는 고개를 끄덕였다.

"결국 수많은 마인들이 마음속에 품고 있었던 의심을 확증하는 꼴이 되었습니다. 백도 출신의 마인은 결국 백도인이라는 의심 말입니다."

"……."

"그래서 운정 대장로님을 향한 반발 또한 더욱 거셀 겁니다. 심하면 직접 생사혈전을 청하러 오는 마인들도 있을 수 있습니다. 아마 운정 대장로님께서 그 자리에서 물러나기까지 멈추지 않겠지요."

"그때가 되면 은퇴라도 해야겠군요."

운정의 농에 주하는 옅은 웃음을 지을 뿐이었다.

주하가 이어 말했다.

"아무튼, 부교주께서는 현재 화산에 계십니다. 자세한 내용은 모르지만, 정채린 소저와 매화검수 간에 있었던 불화를 종식시키기란 만만치 않을 겁니다."

"뚜렷한 증거가 있습니다. 석관을 열어 보면 매화검수들 중 이성적인 자들은 모두 설득이 될 것이고, 감성적인 자들도 이내 깨닫게 될 겁니다. 하지만 또 염려가 되는 것이, 혹시나 부교주께서 질녀의 소식을 들으면 오해가 충분히 풀리기도 전에 다시 돌아오실지 모르겠다는 겁니다. 그러면 오히려 안 가느니만도 못할 텐데 말입니다."

"질녀를 생각하는 그분의 성정이라면 아마 돌아오실 겁니다."

"그럼 그 전에 모든 오해가 풀렸으면 하는군요."

"……"

주하는 아무 말 하지 않았다.

운정이 잠시 생각하더니 말했다.

"원래 이야기로 돌아가서, 정채린 소저는 청룡궁으로 향한 것으로 추측되고 있습니다. 그리고 너무 늦으면 심검마선이 영영 돌아오지 못할 수도 있습니다."

그 말에 주하가 말했다.

"혈교로 향한 마인들의 혈기를 청룡궁으로 틀어 보자. 이 말이시군요. 그 와중에 정채린 소저를 구출하고. 이에 부교주도 도와줄 것이고."

운정은 고개를 끄덕였다.

"그렇습니다. 아마 내일 교주께서 공식적으로 발표하실 겁니다. 전쟁을 일으키되, 혈교가 아닌 청룡궁을 멸문할 것이라고."

주하는 다리를 꼬았다.

"그렇다면 괜히 오늘 장로들을 도발하실 필요는 없었을 텐데요."

"무언가 터지기 전, 잠시 막으면 그 폭발력이 더욱 커지기 마련입니다."

"……"

"혈교를 공격하지 않는다는 소식이 퍼지면 교주님을 향한 불만이 불처럼 일어날 것입니다. 그리고 진마교에서도 이를 이용하고자 하겠지요. 하지만 그다음 날 즉시 교주께서 청룡궁을 침공하자고 하면, 그 모든 불만이 허망하게 변할 겁니다.

괜한 불만이었다고 스스로를 부끄럽게 여길지 모릅니다. 자존심이 높은 마인일수록 더더욱."

주하는 운정을 물끄러미 보았다.

뿐만 아니라 위아래로 훑어도 보았다.

"정말 딴사람이 되신 것 같습니다. 이런 정치적인 감각은 쉬이 얻을 수 있는 것이 아닐 텐데요?"

운정은 간단하게 대답했다.

"배움이 많았습니다."

주하는 고개를 끄덕이며 꼰 다리를 폈다.

"그럼 그 일은 그렇게 진행하겠습니다. 아 참, 그 파인란두에서 오신 손님들을 한번 만나 보시겠습니까? 아이시리수? 아시리수? 그런 이름인 것 같았습니다만."

운정은 고개를 끄덕였다.

"안 그래도 만나 보려 했습니다. 지금 만나도록 하지요. 전해야 할 소식도 있고. 혹시 지금 어디에 있는지 아십니까?"

주하가 눈동자를 내려 운정을 다시 보았다.

"아마 낙양 저잣거리에 있지 않나 싶습니다. 매일 이 시간쯤이면 그곳으로 나가는 것으로 알고 있지요."

그 말에 운정의 표정이 조금 굳었다.

"저잣거리라면 꽤나 위험할 수도 있겠군요."

그 말에 주하는 묘한 웃음을 지었다.

"그건 전혀 걱정하지 않으셔도 좋을 듯합니다."

운정이 물었다.

"누가 그들을 호위하고 있습니까? 호법원입니까?"

주하가 대답했다.

"흑룡대주, 신균입니다."

"……."

"전에 한번 만나보신 걸로 알고 있습니다만."

운정은 고개를 갸웃했다.

"흑룡대에서 그 둘을 호위하고 있다는 말입니까? 천마신교 최고의 무력을 지닌 그들이 이계의 손님을 호위하고 있다니 조금 의문이군요."

주하는 더욱더 묘한 표정을 지으며 말했다.

"흑룡대라곤 할 수 없군요. 엄연히 흑룡대주만이 그들의 옆을 지키고 있으니까요."

"그가 홀로 말입니까?"

"예."

운정은 고개를 몇 차례 끄덕였다.

"교주께서 그토록 신경을 써 주셨다니 참으로 고마운 일이군요."

주하는 고개를 저었다.

"교주께서 명하신 일이 아닙니다. 애초에 신균은 교주명이라고 해도 이런저런 핑계를 대면서 빠져나갔을 위인이지요."

"그럼?"

"그가 자발적으로 나선 것입니다."

"자발적이라면?"

"말 그대로 본인이 원해서 호위를 하고 있다는 겁니다."

"……."

"아무도 부탁하지 않았는데 말입니다."

운정은 믿을 수 없다는 듯 중얼거렸다.

"설마요."

주하의 얼굴에 진한 미소가 그려졌다.

"요즘 본교 내에서 가장 떠들썩한 소문은 사실 부교주의 귀
환도 아니고 혈교와의 전쟁도 아닙니다. 그것은 일평생을 무
만 알고 살았던 극강의 고수가 말도 통하지 않는 색목인 여인
에게 완전히 빠져 버린 일이지요."

운정은 머릿속으로 신균을 떠올렸다.

전형적인 무공에 미친 자로, 한평생을 검과 같이 살았다는
냄새가 물씬 풍기는 사내다. 여자는 같은 인간으로 보기보다
하룻밤의 색다른 유흥거리 정도로만 생각할 법한 사람.

"확인해야겠습니다. 저잣거리 맞습니까?"

주하는 고개를 끄덕였다.

"예. 이목을 끄니 꽤 쉽게 찾을 수 있을 겁니다."

운정은 그길로 외총부에서 나섰다.

*　　　　　*　　　　　*

불야성(不夜城).

낙양은 과거도 지금도 시간의 흐름에 따라 그 크기가 커지기도 하고 작아지기도 했지만, 중원의 손꼽히는 대도시에서 떨어진 적은 없었다. 그리고 대운제국의 수도가 된 지금은 그 어느 때보다도 크고 웅장했다.

해가 떨어진 시각임에도 대낮처럼 환하게 불을 밝혀 놓고, 남녀노소 할 것 없이 거리를 누비며 와자지껄 삶을 살아갔다. 낙양의 저잣거리는 그 자체만으로도 하나의 소도시라 해도 과언이 아니었다.

그 중심에는 한 남자와 한 여인, 그리고 한 소녀가 있었다.

색목인인 그 여인은 중년의 나이였지만, 자세히 보지 않으면 이십 대 처녀들과 구분하기 어려웠다. 걷는 걸음 하나하나에서 기품이 느껴졌고, 오로지 정면을 향한 그 시선은 도도하기 짝이 없었다. 그 모든 것이 아찔한 매력을 풍겼고, 이에 그녀의 반경 10장 내의 모든 이들은 남녀 할 것 없이 그녀에게 시선을 빼앗겨 되찾지 못했다.

그리고 그 여인의 손을 붙잡고 앞에서 안내하는 색목인 소녀가 있었다. 여인과 매우 닮은 얼굴을 하고 있어 누가 보아도 모녀임을 알 수 있었다. 그 소녀에게는 귀여움과 예쁨이 공존하고 있었는데, 귀여움에 집중하면 한없이 귀여운 소녀로 보였고, 예쁨에 집중하면 한없이 예쁜 여인으로 보였다.

그리고 그들 뒤에는 팔짱을 끼고 있는 한 남자가 있었다. 그의 두 팔뚝은 앞서 걸어가는 여인의 허리만큼 굵었다. 그의 얼굴엔 수없이 많은 전투를 치른 흔적이 가득했는데, 그 눈빛만큼은 거대한 호수처럼 잔잔했다. 입을 굳게 닫은 채 성큼성큼 걸음을 앞으로 내딛는데, 그럴 때마다 주변의 기운이 일렁이며 묘한 압박감을 만들어 내 사람들을 밀어냈다.

5일 전부터 나타난 이 일남이녀의 존재는 낙양 저잣거리에 파다하게 소문이 나 있었다. 황제의 첩이라는 이야기부터, 타국의 공주라는 이야기까지 다양한 설들이 있었지만 그 누구도 그들의 진면목을 몰랐다.

그들이 유명한 이유는 단순히 이목을 끄는 외형 때문만은 아니었다. 한 번 나올 때마나 쓰는 씀씀이가 사치로 유명한 귀족들의 수배에 달했기 때문이다. 그들이 몇 년에 한 번씩 크게 기분을 낼 때 쓰는 정도의 돈을 5일 동안 매일같이 썼다. 눈에 띄는 외형이 아니더라도 충분히 유명할 만했다.

그들이 저녁 식사를 위해서 도착한 곳은 다름 아닌 황금천(黃金天). 그곳은 본래 도박장이지만, 온갖 사치 시설도 겸비하고 있다. 특히나 거기서 제공되는 식사는 전 중원에서도 찾기 어려운 희귀한 음식들로 가득하다.

황금천에선 한 층을 모두 비우고 그들의 자리를 아예 따로 마련했다. 사람 많은 것이 싫다는 아시리스의 한마디 때문이었다.

둥근 식탁 하나가 덩그러니 놓인 공간에, 의자는 두 개뿐이었다. 여인과 소녀는 각각의 자리에 앉았고, 남자는 그 방의 입구 주변에 선 채로 가만히 있었다.

그때, 방 밖에서 인기척이 들렸다.

"누구냐?"

신균의 질문에는 짙은 마기가 가득했다. 내공이 없는 자라면 자기도 모르게 주저앉을 것이고, 있다 해도 몸이 움츠러들었을 것이다.

하지만 밖에서 들려온 목소리는 덤덤했다.

"운정입니다."

신균의 표정이 살짝 굳었다.

그는 곧 문을 열어 주었다.

드르륵.

운정은 그를 향해 포권을 취했다.

"안녕하십니까, 흑룡대주."

신균은 눈살을 찌푸렸다.

"태극마선이 이곳엔 웬일이오? 혹 귀빈을 데려가려고 오신 것이오?"

운정은 고개를 저었다.

"그런 것은 아닙니다. 다만 할 이야기가 있습니다."

신균은 언짢은 표정을 지었지만, 곧 고개를 돌려 아시리스를 보았다.

아시리스는 고개를 한 번 끄덕여 보였다.

신균은 옆으로 살짝 비켜서더니 말했다.

"알겠소."

운정은 걸음을 내디디려다가 문득 그에게 물었다.

"혹룡대주께서도 같이 식사하시지 않겠습니까?"

신균은 고개를 살짝 저었다.

"사람은 말이 통하지 않아도 그 얼굴과 눈빛으로 대강 알 수 있는 것들이 있소. 저 귀부인은 예의범절을 극히 따지는 분이지. 아니오?"

"맞습니다."

신균은 팔짱을 바꿔 끼더니 말했다.

"나는 그 흔한 젓가락질 하나 제대로 배운 적 없소. 부모를 잘못 만난 탓도 있지만, 내 천성이 그런 것에 세심하지 못하기 때문이오. 그러니 그녀 앞에서 밥을 먹었다가는 아마 즉시 눈밖에 날 것이오."

운정은 나지막하게 물었다.

"그게 이유입니까? 밥을 먹지 않는?"

신균은 더 말하지 않고 몸을 돌렸다.

그때, 아이시리스가 공용어로 말했다.

"마스터! 얼른 와요."

운정은 잠시 신균을 보다가 이내 그 식탁으로 자리를 옮겼다.

아이시리스는 그가 오는 동안 한쪽을 바라보며 손을 흔들었는데, 그곳에 있던 여자 한 명이 의자를 가져와 운정의 자리를 마련했다.

운정은 그곳에 앉기 전 아시리스에게 포권을 취하곤 공용어로 말했다.

"안녕하십니까, 아시리스 부인. 중원이 잘 맞으시는지 모르겠군요."

아시리스는 살짝 미소를 짓더니, 말했다.

"눈과 귀와 혀가 나름 즐거우니 맞는 거겠지요. 그나저나 운정 도사님을 이렇게 빨리 뵙게 될 줄은 몰랐습니다. 하아. 시간을 잊고 지내서 기억이 나지 않는데, 마지막으로 본 게 언제였지요?"

운정이 대답했다.

"6일 전입니다."

"그렇군요."

아시리스는 더 말하지 않고 고개를 돌려 음식들을 바라보았다. 이에 운정도 그녀의 시선을 따라 식탁 위를 바라보았는데, 그 위에는 적어도 백여 가지의 음식들이 있는 듯했다.

천하 만물 중 사람이 먹을 수 있는 것은 모두 다 모아 놓은 듯싶었다. 아니, 몇 개는 사람이 먹을 수 있는 것인가 하는 의심을 품게 만들 정도로 괴상했다. 그런데 아시리스에게는 전혀 문제가 되지 않는지, 이미 몇 점을 먹은 흔적이 꽤 있었다.

정확하게 말하면 그런 것에만 있었다.

"마스터도 얼른 드세요. 어머니는 정말 이상한 것만 먹어서 맛있는 게 많이 남아요, 항상."

운정은 옅은 미소를 그녀에게 지어 주더니, 젓가락을 들어서 음식 하나를 먹었다. 겉보기에는 흔한 야채볶음이었는데, 혀에 섞이고 이에 씹히자 결코 흔하지 않은 식감과 풍미를 냈다. 미각의 세계가 새로 확장되는 듯했다.

"당신 같은 사람도 맛있는 것을 먹으면 눈동자가 커지긴 하네요."

그 말에 운정이 아시리스를 보았다.

아시리스는 그를 뚫어지게 바라보고 있었다.

그 두 눈은 차분했다.

아니, 차분하다기 보단 지루해 보였다.

운정은 음식을 충분히 씹고 삼킨 뒤에 말했다.

"무공을 익히다 보면, 마음과 정신이 확장되어 모든 것에 초연해지긴 합니다. 하지만 동시에 감각 또한 날카로워지기에, 그 비율로 따지자면 범인과 비슷합니다."

아시리스의 눈동자가 조금 모여들었다.

"하지만 그 비율을 마음대로 조절하시지요. 아닌가요?"

운정은 새로운 음식에 젓가락을 가져가며 말했다.

"대부분의 경우에는 그렇습니다."

아시리스는 이내 입만 웃어 보였다.

그 모습이 꼭 머혼과 같았다.

이후 대화가 없었다. 그러다 보니 입안에서 음식을 우물거리는 소리만 났다. 소음이 없다 보니 더욱더 크게 들리는 것 같았다.

결국 아시리스가 그 침묵을 깼다.

"예의범절을 철저하게 시키시는군요. 운정 도사께서 식사하시는 모습만 보고도 중원의 예의범절을 거의 알 것만 같습니다."

운정은 음식을 개인 접시에 올려놓고는 대답했다.

"제가 속했던 무당파는 백도로, 어린 제자들에게 가혹할 정도로 예의범절을 중시하게 여깁니다. 식사 예절조차 지키지 못할 정도로 스스로를 통제하지 못한다면, 심오한 내공심법을 익히다가 큰 화를 당하기 일쑤이기 때문입니다."

"오? 예절을 익히는 이유가 참으로 재밌군요. 귀족들이야 서로 욕보이기 싫어서 그러는데. 오히려 우리보다 훨씬 고상하시군요."

"고상할 것도 없습니다. 결국 자기 자신이 강해지기 위함이고 결국 자기 사문이 강해지기 위함입니다. 따지고 보면 그저 남들보다 더 잘 살려고 그런 것이니, 딱히 고상이라 말할 수도 없습니다."

아시리스는 손을 올려 자신의 턱을 받쳤다. 이에 아이시리스의 두 눈이 크게 떠졌다. 그 정도의 행동은 아시리스 입장에서 극히 편할 때나 나오기 때문이다.

아시리스가 말했다.

"사실 기껏해야 3일이었어요."

운정이 물었다.

"무엇이 말입니까?"

아시리스가 양손을 살짝 펼쳐 보이며 어깨를 들었다.

그 또한 머혼과 판박이처럼 닮았다.

"즐거움이요."

"……"

"중원이라는 이 새로운 세상에서 존재하는 수많은 맛있는 것들을 추리고 또 추려 올라온 이 식탁처럼 말이지요. 몇 번

먹으니, 금세 질리는군요."

아시리스는 허무한 표정을 지었다.

운정은 그와 똑같은 표정을 본 적 있었다.

그가 말했다.

"시아스는 몸속에서 마를 제거하고 신무당파의 내공심법을 익혔습니다. 그로써 삶을 되찾았습니다."

"……."

"아시리스 부인께서 원하신다면 신무당파의 내공심법을 익혀 보심이 어떻습니까? 신무당파에는 누구라도 들어와서 내공심법을 익힐 수 있습니다."

그 말에 아시리스는 한쪽 입꼬리를 올렸다.

"진심으로 하시는 말이신가요? 진심으로 하셨다 해도, 제가 거기에 들어갈 리는 없어요. 아시잖아요? 그러기에는 너무 지쳐서."

"……."

아시리스는 그 지친 눈길을 들어 식탁의 중앙을 바라보았다.

그리고 메마른 목소리로 말했다.

"아시스는 어떻게 됐나요?"

운정이 대답했다.

"머혼 여백작이 되었습니다. 델라이의 대장군으로도, 계속해서 애들레이드 왕비님을 섬길 듯합니다."

왕비라는 단어에서 아시리스의 눈에 잠깐 이채가 서렸다.

하지만 그도 점차 사라지기 시작했다.

그녀가 말했다.

"그이는 잘 갔나요?"

"웃으면서 가셨습니다."

그나마 남아 있던 이채가 완전히 사라졌다.

아시리스는 눈을 감더니 말했다.

"그렇게 되었군요."

그때, 아이시리스가 물었다.

"시아스 언니는요?"

운정은 웃으며 대답했다.

"잘 있다. 실프와 노움, 두 엘리멘탈을 단전에 두는 일을 최근에 성공했지. 그로써 마나가 메마른 파인랜드의 땅에서 신무당파의 가능성을 입증했다."

아이시리스는 놀란 듯 말했다.

"우와, 언니가요? 솔직히 그건 마스터라서 가능한 것이라 생각했는데… 언니가 가능했다면 앞으로 많은 이들이 가능할 거예요."

운정은 고개를 끄덕였다.

"그렇다. 때문에 내 마음이 편히 놓이는구나."

그 말에 아이시리스는 웃어 보였다. 하지만 연신 아시리스를 힐끔거리며 보았다.

운정이 고개를 돌려 아시리스를 보니, 무표정한 채 고개를 살짝 떨구고 한쪽을 바라보고 있었다.

운정이 말했다.

"돌아가시길 원한다면 언제든 말씀해……."

아시리스는 운정의 말을 잘랐다.

"아니요. 파인랜드에 다시는 돌아가고 싶지 않아요. 앞으로 평생."

"……."

그녀는 운정을 향해서 눈길을 돌리더니 나지막하게 말했다.

"절 호위하시는 저분. 저분은 얼마나 강하신 분이신가요?"

운정은 나지막하게 말했다.

"아마 중원에서 열 손가락 안에 꼽을 겁니다."

"그래요?"

"네."

아시리스는 눈길을 들어 신균을 슬쩍 보곤 다시 아이시리스를 보았다.

이내 말을 이었다.

"아이시리스."

"네, 어머니?"

"홀로 잘 지낼 수 있겠느냐?"

아이시리스는 마치 그 말만을 기다린 듯 고개를 끄덕였다.

"어머니께서 원하신다면요."

그 말에 아시리스는 허무한 웃음을 지었다.

"그래, 미처 잊고 있었구나. 네가 나와 함께한 이유가 날 위해서라는 걸. 어머니로서 절대 인정하고 싶지 않았지만, 말이야."

아이시리스는 말없이 웃어 보였다.

그녀는 운정에게 고개를 돌리며 말했다.

"저분의 이름을 말해 주세요."

운정이 대답했다.

"신균입니다."

아시리스는 운정의 말을 따라 했다.

"신균."

그러면서 다시금 신균을 바라보았다.

신균은 자신의 이름을 부른 아시리스를 바라보고 있었다.

5일 동안 처음이었다.

그 둘의 시선이 마주친 것은.

　　　　＊　　　　　＊　　　　　＊

　식사를 마칠 때쯤 아시리스는 운정에게 자리를 비켜 달라고 했다.

　운정은 별말 하지 않고 밖에서 기다리겠다고 한 뒤, 문밖으로 나갔다.

　식탁에 둘만 남게 되자, 아시리스가 아이시리스에게 말했다.

　"파인랜드로 돌아가렴."

　아이시리스는 떨떠름한 표정으로 말했다.

　"진심으로 하시는 말씀이세요? 전 중원에 남아 있어도 돼요."

　아시리스는 고개를 끄덕였다.

　"네가 옆에서 항상 통역해 주기에 중원의 말을 전혀 배우지 못하잖니. 네가 중원에 남아 있으려면 그렇게 하되, 내 옆에는 있지 않았으면 하는구나. 그래야 내가 앞으로의 여생을 보낼 이곳의 말과 문화를 배울 수 있을 테니까."

　아이시리스는 멍한 표정으로 자신의 어머니를 보았다.

　그녀는 집에 있을 때도 가사나 육아에는 전혀 신경 쓰지 않으며 오로지 예술에만 관심을 쏟았다. 하루 종일 방 밖으로 나오지 않기 일쑤였고, 밖으로 나갈 때도 온갖 수행원을 대동했다. 그러니 아이시리스조차 은연중에 그녀가 마음이 심약하고 여린 사람으로 생각한 것이다.

하지만 이는 사실이 아니다. 일찍이 그녀는 제국에 있는 모든 것을 버려 두고 머혼을 따라 델라이에 왔다. 이는 남편을 너무나 사랑했기에 가능했다고도 볼 수 있지만, 그녀 본인의 마음이 강철같이 강했기 때문이기도 하다.

아이시리스는 자신의 어머니의 눈을 바라보았다. 그 잔잔한 눈길에는 일절 두려움이 없었다. 언제나 아름다움을 쫓고 그것을 숭배하는 삶을 살아온 그녀에게 있어 본인의 목숨은 그리 중요한 것이 아니었다.

아이시리스가 말했다.

"궁금해요. 저분의 어떤 점이 좋으셨어요?"

아이시리스는 살짝 웃더니 말했다.

"말로 표현하기 어렵구나. 고작 5일의 시간 동안 본 것이니까. 하지만 그에겐 다양한 양면성이 있다. 나보다 많은 듯하니, 남편으로 모셔도 좋을 듯하구나."

그 대답에 아이시리스가 고개를 갸웃했다.

"양면성이요?"

아시리스는 앞에 있는 차를 한 모금 마셨다.

그러곤 나지막하게 대답했다.

"누구든 둘 중 하나를 타고나지, 양면성을 타고나는 이는 거의 없다. 때문에 양면성을 갖추기 위해선 후천적인 노력이 반드시 필요하단다. 다른 한쪽이 부족한 자신의 상태를 깨달을 수 있는 지혜와, 그것을 부정치 않고 인정하는 겸손과, 이에 절망하지 않고 노력하려는 긍정적인 마음과, 나아가는 방향을 정확히 볼 수 있는 지식과 그렇게 세운 자신의 계획을 믿는 자기 확신과, 이를 매일의 삶 속에서 꾸준히 닦는 강한 의지와, 그를 통해 비로소 양면성을 성취함으로 얻게 되는 자존감까지."

"……."

"인간이 가진 모든 매력이 결국 양면성에 있는 이유는 바로 양면성 그 자체가 내가 말한 그 모든 것의 증거가 되기 때문이란다."

아이시리스는 신균을 바라보았다.

신균은 그 시선을 통해 그들이 자신에 대해서 말하고 있음을 깨달았다.

그는 조용히 눈을 감았다.

아이시리스가 다시 아시리스를 돌아보며 말했다.

"저분에겐 어떤 양면성이 있었기에, 어머니께서 반하셨죠?"

아시리스는 잠시 시선을 아래로 두더니 중얼거리듯 말했다.

"그는 짙은 야성을 가진 남자이지. 그것은 그의 외모만 봐도 알 수 있지 않느냐? 그가 가진 모든 것이 그가 한 마리 사자라는 것을 잘 말해 주고 있다. 하지만 그에겐 그것만 있지는 않다. 그 안에 부드러움이 있고, 차분함이 있고, 여유가 있다. 그의 눈빛이 그렇게 말하지."

"……"

"아이시리스. 네 어머니는 과거에 지금과 비교도 할 수 없을 만큼 아름다웠단다. 타고난 미모는 네 언니인 아시스와 비슷했지만, 아시스는 스스로를 치장할 줄도 모르고, 관심도 없지. 하지만 나는 나 자신을 아름답게 가꾸는 노력을 쉬지 않았다. 때문에 자신하건대, 지금의 아시스보다 수배는 더 아름다웠단다."

아이시리스는 묘한 표정을 지었다.

"갑자기 자기 외모 자랑은 왜 하시는 거예요?"

아시리스는 웃었다.

"그러니, 내게 얼마나 많은 남자들이 마음을 주었는지, 또 받아달라고 했는지 상상이나 할 수 있겠느냐? 게다가 난 신분까지 높았기에, 내 앞에 당도하여 말이라도 걸 수 있는 이들은 모두 강한 힘을 가진 남자들뿐이었어. 그것이 재력이든 권력이든 무력이든 지력이든 말이지. 그들은 대부분은 좋은 가문에서 태어나 고등의 교육을 받고 쏟아지는 기회들 속에서 끊임없이 성장한 자들이었단다. 그러니 그들은 전부 다 잘나고 위대했지."

"하기야, 제국의 황녀셨으니 세상에서 내로라하는 사람들을 많이 보셨겠어요."

아시리스는 고개를 느리게 저었다.

"하지만 아름답진 않았다. 매력이 없는 이가 대부분이었다. 몇 번만 대화해도 다들 똑같은 소리만 반복하는 앵무새와 같았어."

아이시리스는 아시리스가 무엇을 말하고 싶은지 알 것 같았다.

"아버지는 아니셨군요."

아시리스의 두 눈엔 그리움이 차올랐다.

"맞다. 한슨은 그렇지 않았지."

"……."

"그는 내가 아는 그 누구보다도 권력을 사모했다. 그것에 솔직했고, 추구했지. 나와 대화하면서, 나에게 시선을 두면서도 내 너머에 있는 권력을 보고 있었다."

아이시리스는 고개를 갸웃했다.

"그럼 오히려 더 안 좋은 거 아니에요? 어머니의 배경을 보고 어머니와 결혼하려고 한 거잖아요?"

아시리스는 고개를 저었다.

"그렇지 않다. 내 외모는 언젠가 꺾이기 마련이나, 내 신분은 영원하지. 영원하지 않다 할지라도, 끝이 정해져 있는 외모

보다는 더 지속적임이 분명하다."

"……."

아시리스는 한쪽 입꼬리를 올리며 비웃음을 얼굴에 그렸
다.

"강한 권력욕을 가졌던 수많은 남자들도 내 앞에 오면 어느
새 사랑꾼이 되었다. 혐오스럽고 파렴치한 짓을 아무렇지도
않게 행하며 권력을 키워 온 그들이 어느새 소설 속에나 나오
는 남자 주인공이 되어서 나에게 사랑을 노래하며, 자신들의
순수한 마음을 받아달라고 애원했어. 자신의 더러운 삶이 나
로 인해서 구원을 받았다면서 말이다."

아이시리스는 이제 좀 어머니의 말을 이해할 것 같았다.

"듣고 보니, 그게 더 역겹네요."

아시리스의 비웃음이 웃음이 되었다.

"그러니까 말이다. 하지만 네 아버지는 변하지 않았어. 내
외모를 눈앞에 두고 바라보면서도, 사랑꾼이 되지 않았단다.
여전히 추하고 여전히 더러운… 야망을 속에 품은 귀족으로
당당히 남아 있으셨단다. 언제나 말이지."

아이시리스는 웃음을 흘러나오는 것을 막지 못했다.

"그래서 아버지를 선택하신 거예요?"

아시리스는 고개를 저었다.

"아니, 솔직히 당시 네 아버지가 조금만 더 잘생겼으면 바로

선택했을 거야. 하지만 그땐 나도 어려서 눈에 걸리는 것을 완전히 무시할 수는 없더구나. 그래서 내 후보 중 하나로만 두었단다."

"호호, 그래요? 하기야, 아버지가 인물이 엄청 좋은 편은 아니지요."

아시리스는 손짓을 하며 말했다.

"너희를 임신했을 때, 내가 얼마나 걱정한 줄 아니? 행여나 너희에게 네 아버지의 인물이 묻을까 봐 노심초사했단다. 처음 시아스를 낳았을 때, 흑발을 보곤 정말 기겁을 했었지. 하지만 그 아이도 다행히 아름다워졌어."

"이런 이야기를 듣게 되다니, 정말 재밌네요. 아무튼 그래서 그럼, 아버지를 언제 신랑감으로 확정하시게 된 거예요?"

아시리스의 두 눈은 다시금 과거를 보기 시작했다.

"네 할아버지인 머혼 대공께서 힘을 잃으시고, 네 아버지가 상속자 자리를 위협받을 때 말이다. 네 아버지는 과감한 결단으로 자신의 가문에 존재하는 모든 가족을 불태워 죽였지. 그리고 스스로만이 유일한 머혼으로서 살아남았단다."

"그 과감함 때문이에요?"

"아니다. 거기까지는 그러려니 했다. 그 이후, 네 아버지는 제국의 대공을 죽인 죄로 사형을 당할 위기에 처했단다. 그때, 네 아버지는 자신이 상속받은 머혼가의 모든 영지를 황제에게 바침으로써 그 엄청난 위기를 모면했단다."

아이시리스는 나지막하게 말했다.

"그때로군요."

아시리스는 고개를 끄덕였다.

"내 미모 앞에서도 여전히 내 배경을 바라볼 정도로 권력욕이 강한 그 남자가, 자신의 생명을 위해 그런 결정을 과감히 내린 것에 대해서 나는 반하지 않을 수 없었단다. 당시 난 제국의 의회에서 그가 직접 영지를 바치는 것을 두 눈으로 보고 있었어. 그때, 그는 절대로 포기하며 내놓은 것이 아니었다. 기필코 다시 성장하여, 그 모든 것을 되찾겠다는 그 열망과 다짐이 두 눈에 있었단다. 그것을 보고는 그날 저녁 네 아버지 품에 안겼지. 먼저 다가가서 유혹했어."

아이시리스는 눈을 동그랗게 떴다.

"진짜요? 정말로? 어머니가요?"

아시리스는 고개를 끄덕였다.

"너도 알지 않느냐? 당시 네 아버지에게는 부인이 있었으니까. 그래서 더 뺏고 싶었던 것도 있기도 했지."

"……"

"그러니, 아이시리스. 네 마음이 확고하고, 네 결정이 확실하다면 네 몸을 과감하게 쓰거라. 내가 보아하니, 앞으로 네 미모도 네 언니들과 별반 다르지 않을 수준에 이를 거야. 네가 대놓고 유혹해서 넘어오지 않을 남자가 없을 것이다. 이미 사랑하는 자가 있든 없든."

아이시리스는 몸을 마구 떨며 싫어했다.

"으으으, 이상한 소리 좀 하지 마요, 어머니."

아시리스는 부드럽게 말했다.

"이상하다니. 네 어머니로서 네게 주는 조언이야. 새겨들으렴."

"으으으, 싫어요."

아이시리스는 목이 타는지, 옆에 있는 물을 벌컥 마셨다.

그 모습을 사랑스럽다는 눈길로 바라보던 아시리스가 말했다.

"혹, 관심 있는 남자가 있니?"

아이시리스는 빈 물잔을 확 내려놓고는 말했다.

"없어요. 없어."

아시리스가 슬며시 웃어 보이며 말했다.

"내 눈을 네게 빌려주고 싶구나. 특히 예술품을 판단하는 점에선 누구에게도 뒤지지 않을 자신이 있단다."

아이시리스가 이해하지 못하겠는지, 되물었다.

"예술품이요?"

아시리스가 신균을 한번 흘겨보더니 대답했다.

"여자에게 가장 큰 예술품은 남자란다, 아이시리스. 모든 예술품은 죽어 있지만, 좋은 남자는 살아 있기에, 아무리 옆에서 보아도 질리지 않지."

"……."

"네가 좋아하는 사람이 있었다면 직접 봐주었을 텐데, 없다면… 이후 어떻게 남자를 보아야 하는지를 알려 주마. 같은 여자로서, 또 어머니로서."

"그건 알고 싶긴 해요."

아시리스는 조금 뜸을 들이더니, 나지막하게 설명했다.

"절대로 너만을 바라봐 주는 남자를 만나지 말거라. 그런 남자는 금세 질리고 만다. 비록 남자가 너만 바라봐 주길 바라겠지만, 그 마음을 이겨 내야 해. 행여나 그 마음을 남자에게 들켜서도 안 된다."

"그래요?"

"물론 내가 그 마음을 이해 못 하는 건 아니다. 모든 여자가 가지고 있는 마음이니까. 하지만 그 마음에 속아 자신만을 바라봐 주는 남자를 만나 결혼했다간, 반드시 후회하게 된다."

아이시리스는 투정 부리듯 물었다.

"그럼 누구를 만나라는 거예요? 이 여자 저 여자 막 시선을 주는 남자를 만나라는 거예요?"

"그런 남자는 거론할 가치조차 없지."

"그럼요?"

아시리스는 손을 들어 앞을 가리켰다.

"너도 다른 여자도 아닌, 앞. 이 앞을 바라보는 남자를 만나라. 그러다가 한 번씩 너를 봐주는 남자 말이다."

"……."

"네 아버지처럼, 다른 어떤 여자에게는 조금도 눈길을 주지 않되, 자기 여자에게는 조금씩 눈길을 두고, 그 외 대부분은 앞을 바라보는, 그런 남자가 질리지 않는단다."

아이시리스는 잠시 생각했다.

그러다가 툭 하니 말했다.

"알겠어요, 어머니. 꼭 기억해 둘게요."

아시리스는 자신의 막내딸에게 깊은 미소를 지어 보였다.

第一百四章

문이 열리고 아이시리스만 나오자, 운정은 의문을 품지 않을 수 없었다.

　"마담, 아시리스는?"

　아이시리스가 입술을 삐죽였다.

　"됐대요, 이제."

　"그게 무슨 뜻이더냐?"

　아이시리스는 한숨을 푹 쉬더니 말했다.

　"딸 놀이 그만하라네요. 자기도 이제 새 출발을 하겠다고. 너무하지 않아요? 남자 하나 새롭게 나타나자마자, 바로 절 버리는 거 있죠?"

운정은 안쓰럽다는 표정으로 그녀를 바라보았다.

"괜찮으냐?"

아이시리스는 어깨를 한 번 으쓱이더니 말했다.

"솔직히 조금 슬프긴 하지만 그래도 산 사람은 살아야죠. 그리고 계속 제가 옆에 있으면 아버지가 생각나서 싫을 거예요. 그런 점도 이해해 줘야죠."

운정은 손을 들어서 아이시리스의 머리를 한 번 쓰다듬어 주었다. 그러면서 굳게 닫힌 문을 바라보았다.

"한어도 못 하실 텐데, 괜찮을지 모르겠다."

아이시리스가 고개를 들고 운정을 올려다보았다.

"신균이라는 사람, 어때요?"

운정은 고개를 숙이고 아이시리스를 보았다. 머릿속에선 그녀를 안심시키는 말들이 떠올랐지만 이내 진실을 말하기로 했다. 아이시리스의 지성은 그 나이대의 그것을 월등히 뛰어넘기에 충분히 진실을 받아들일 수 있을 거라는 생각이 들었다.

"신균과 같은 혹도 무인은 여인을 사람으로 생각하지 않는 경향이 있다. 아니, 여인뿐 아니라 다른 사람을 모두 도구로 여기는 경우가 허다하다. 솔직히 말하면 네 어머니에게 좋지 못한 일이 일어날까 염려스럽구나."

아이시리스는 머리 위에 있는 운정의 손을 붙잡더니 앞장서 걸으며 말했다.

"괜찮아요. 어머니가 보통 분도 아니고, 특히 남자 보는 눈은 대단하시니까. 어머니께서 둘이 남기로 결정했다면, 괜찮은 분일 거예요. 제 예상으로는 오늘 밤 바로 거사를 치르지 않을까 싶은데. 제가 눈치 없이 더 있을 순 없죠."

그 말에 운정의 입이 살짝 벌어졌다.

앞서 걸어가는 아이시리스는 전혀 개의치 않는 듯했다.

운정이 물었다.

"그 사실이 혹 네 마음을 어렵게 하지는 않느냐?"

아이시리스는 돌아보지 않고 계속해서 걸어 나가며 대답했다.

"아버지가 돌아가신 지 겨우 며칠밖에 안 됐으니까요?"

"……."

운정의 침묵은 긍정이었다.

아이시리스는 잠시 발걸음을 멈추고 운정을 돌아봤다.

"정말로 괜찮아요. 태연한 척 연기하는 거 아니에요. 아버지나 언니나 혹은 오라버나나. 결국 누구든 죽으리라 생각은 했어요. 머혼 가문은 원래 그런 곳이니까요."

운정은 그녀의 말이 진실임을 알 수 있었다.

그가 말했다.

"그렇구나. 네가 그렇다면 알겠다."

아이시리스는 다시 몸을 휙 돌려서 황금천 건물의 계단을 통해 아래로 내려가기 시작했다.

그러면서 툭 하니 물었다.

"아시스 언니가 여백작이 되었다면, 머혼가를 상속했겠네요?"

"그렇다."

"그것참 안 좋은 소식이네요. 제가 그래도 다 클 때까지는 그런 일이 없을 거라고 생각했는데, 언니가 벌써 여백작이 되어 버렸으니 제가 머혼가의 주인이 되기는 글렀네요."

운정은 예전에 그녀와 대화했던 것을 기억했다.

"아직도 머혼가의 주인이 되고 싶으냐?"

아이시리스는 고개를 살짝 저었다.

"제가 머혼가의 주인이 되고 싶었던 이유는 우리 형제자매 중 머혼을 이끌 만한 사람이 없었기 때문이에요. 하지만 아시스 언니가 그렇게 훌륭하게 아버지를 처리했다면, 분명 자신의 약점을 극복한 것이겠지요. 마냥 착해 빠진 언닌 줄 알았는데 그런 과감한 면모도 있었는지 몰랐어요."

운정이 대답했다.

"혹, 네가 새로운 가문을 세우고 싶다면 내가 전적으로 도와주마. 네게 한 약속이 있으니까."

아이시리스는 작게 웃더니 말했다.

"신무당파를 허가해 주는 대가로 얻은 약속이잖아요? 엄밀히 말하면 약속이라기보다는 거래죠. 그리고 전 그 거래의 조건을 충족시킬 수 없어요. 그러니 그에 관해서 책임감을 느끼지 않으셔도 됩니다."

"……."

"대신 그건 해 줘요."

"뭐?"

"제가 이제부터 저한테 맞는 좋은 남자를 찾으려고 하거든요. 어머니의 말씀을 들어 보니까, 쉽지 않은 거 같아서 지금부터 부지런히 찾을 거거든요."

뜬금없는 소리에 운정은 되묻지 않을 수 없었다.

"좋은 남자라 하면, 네 신랑감을 찾는다는 말이더냐?"

아이시리스는 계속해서 계단을 걸어 내려가며 툭 하니 말했다.

"네. 맞아요. 그거야말로 가문을 세우는 가장 좋은 방법이죠."

"……."

운정이 아무 말 하지 않자 아이시리스가 잠깐 멈춰 섰다.

그러곤 홱 고개를 돌려 운정을 바라보았다.

위아래로 훑어보는 것이 마치 보물을 감정하는 듯했다.

묘한 위기감을 느낀 운정이 말을 더듬었다.

"왜, 왜 그러느냐?"

아이시리스는 입맛을 다신 뒤에 말했다.

"아니에요. 마스터는 어머니의 기준에서도 좋은 남자인 것 같아서. 하지만 두 언니가 이미 점한 사람이니까 나까지 노리면 너무한 거 같아서. 아쉽지만 포기해 드리죠."

"……"

아이시리스는 몸을 휙 돌리고는 걸어 내려가기 시작했다.

"아무튼 좋은 배필감을 찾으면 알려 주세요."

이후 그녀는 황금천에서 나올 때까지 별다른 말을 하지 않았다. 운정 역시도 '두 언니'라는 말에 정신이 온통 뺏겨서 먼저 말을 꺼내지 못했다.

그런데 황금천에서 마조대로 보이는 마인 한 명이 그들의 뒤를 쫓아왔다. 운정이 그를 노려보니, 즉시 부복하며 말했다.

"태극마선 대장로님을 뵙습니다."

운정이 물었다.

"무슨 일입니까?"

그 마조대원이 대답했다.

"즉시 본교로 귀환하라는 교주님의 명이십니다. 교주전에서 기다리고 있겠다 하셨습니다."

혈적현은 전에 마조대를 더 이상 믿을 수 없다고 했다. 그럼에도 불구하고 그들을 통하면서까지 운정을 찾는 것은 분명

시급을 요하는 일이 있는 것이다.

운정이 포권을 취했다.

"알겠습니다. 아이시리스."

아이시리스는 운정을 올려다보았다.

"네?"

운정은 바람을 일으켜 그녀의 몸을 둥실 띄웠다. 그러곤 자신의 등에 업었다.

아이시리스가 짧은 비명을 지르는데, 운정은 아랑곳하지 않고 제운종을 펼쳐 빠르게 낙양의 거리를 지나갔다.

그가 교주전에 당도하기까지는 일다경도 채 걸리지 않았다.

교주전의 문은 굳게 닫혀 있었는데, 천살성으로 보이는 호법 둘이 그 문을 지키고 있었다. 그들은 운정을 확인하고는 그 등 뒤에 있는 아이시리스에게 시선을 던졌다.

"태극마선께서만 들어오실 수 있습니다."

지화추가 수를 쓴 만큼 이제 진마교에서 노골적으로 나올 수도 있다. 그러니 잠시라도 아이시리스를 떼놓을 순 없다.

운정은 고개를 저었다.

"이 아이는 제 보호 아래 있습니다. 같이 있어야 합니다."

이에 두 호법은 서로 눈길을 교환한 뒤에, 다시 운정을 보았다.

"들일 수 없습니다."

운정이 말했다.

"교주님에게 말해 보십시오. 허락하실 겁니다."

그 말에 호법 중 하나가 입을 달싹였다. 그리고 곧 조용히 문을 열어 주었다.

운정은 등 뒤에 아이시리스를 업은 그대로 안으로 들어갔다.

안은 전체적으로 어두컴컴했다.

하지만 저 멀리 큰 불길이 타오르고 있었는데, 그 뒤로는 혈적현이 절대지존좌(絕對至尊座)에 앉아 있었다.

그가 운정을 향해 말했다.

"파인란두의 손님과 각별한 사이인가 보군."

운정이 아이시리스를 내려 주자, 아이시리스는 폴짝 뛰었다. 그러나 곧 운정의 왼손을 확 붙잡고는 그에게 딱 붙은 채로 서 있었다.

운정이 안심하라고 작게 속삭인 후 혈적현에게 말했다.

"중요한 사람입니다. 아시리스 부인은 흑룡대주께서 보호하시지만, 이 아이는 보호할 사람이 없어 제가 당분간은 옆에 데리고 있으려 합니다."

혈적현이 말했다.

"우리의 계획을 알아도 될 정도로 중요한 사람인가?"

"중원의 일과는 전혀 상관없습니다. 게다가 마법을 할 줄 아니 오히려 도움을 줄 수도 있습니다."

혈적현은 잠시 고민하더니 말했다.

"알겠다. 널 믿지, 태극마선."

운정은 천천히 앞으로 걸었고, 이에 아이시리스도 그를 따라 걸어갔다. 혈적현에게 가까이 선 그가 물었다.

"무슨 일 때문에 이렇게 시급하게 부르신 겁니까?"

혈적현은 오른쪽 팔걸이 위에 올려두었던 종이를 그에게 건넸다. 운정은 바람의 힘을 이용해서 그것을 가져왔다.

펼쳐보자, 큰 지도와 함께 이런저런 선들이 나열되어 있었다.

"지화추의 동선이다."

종이 위를 훑던 운정의 눈길이 혈적현을 향했다.

"찾으신 겁니까?"

혈적현은 고개를 저었다.

"아니, 하지만 그가 지나간 흔적들을 알고 있지. 내일 청룡궁과의 전쟁을 선포하고 고수들을 출격시킬 것이다. 그 혼란을 틈타 넌 정채린을 구했으면 한다."

운정의 눈빛이 조금 날카로워졌다.

"그걸 위한 전쟁 선포였습니까?"

혈적현은 피곤한 듯 눈을 반쯤 감으며 말했다.

"아니다. 본래는 전쟁을 통해 정면 돌파 할 생각이었지. 하지만 마조대에서 지화추의 흔적을 찾았기에 계획을 달리한 것이다. 청룡궁을 멸하는 것보다 중요한 것은 심검마선을 지옥에서 소환하는 것이니까."

운정은 다시금 지도에 시선을 두었다.

그가 나지막하게 말했다.

"마조대는 믿을 수 없는 줄 알았습니다만."

"믿을 수 없지. 하지만 이것과 함께 보면 다를 것이다."

혈적현이 왼쪽 팔걸이에 두었던 종이를 내밀었다. 운정은 다시금 바람의 힘을 이용해 그것을 받아 펼쳤다.

지도 자체는 비슷했지만, 그 위에 그려진 선들과 내용이 상당히 적었고 또 전의 내용과 다른 부분들이 보였다.

"이것은?"

혈적현이 말했다.

"호법원은 그 임무 특성상 정보전에 강하다. 마조대만큼은 아니지만 칠 할까지도 따라갈 수 있지. 다만 이번엔 호법원을 많이 내보낼 수 없었기에, 대략 이 할 정도의 정보만이 담겨 있다."

운정의 눈썹이 꿈틀거렸다.

"하지만 거짓이 없는 진실이겠군요."

혈적현이 말했다.

"상세하지만 거짓이 섞인 지도. 간단하지만 진실한 지도. 너라면 이 둘을 가지고 추적이 가능할 수도 있겠다는 생각이 들었다. 아니, 오히려 그것을 넘어서 저들을 이용할 수조차 있겠지."

"과연⋯⋯."

운정은 다시금 바람을 일으켜 그 두 지도를 허공에 띄워 두었다.

그리고 번갈아 보며 한참을 생각에 잠겼다.

혈적현은 기대하는 눈빛으로 그를 차분히 기다려 주었다.

곧 두 지도가 천천히 혈적현에게 날아갔다.

그것을 받아 든 혈적현이 물었다.

"대답은?"

운정이 말했다.

"전 단순히 정보를 얻고자 사람을 고문할 수 없습니다. 또한 꼭 필요한 상황이 아니면 살인할 수 없습니다. 그러니 이런 정보전에 어울리지 않습니다. 제가 두 지도를 통해서 알아낸 것을 전부 설명드릴 테니, 다른 사람을 쓰시는 것도 좋을 수 있습니다."

정중한 거절이었으니, 할 수 없다는 뜻은 아니다.

혈적현은 단호하게 말했다.

"하지만 넌 누구보다도 강한 무공을 지녔고, 진실을 꿰뚫어 볼 수 있는 눈과 놀라운 지혜를 지녔다. 게다가 파인란두에서 정치적인 감각까지 익혀 왔지. 네가 이 일을 하는 것이 맞다, 태극마선."

"……."

"혹시 이 일을 맡기 꺼려지는 이유가 있다면 설명해 보아라. 그 옆에 있는 아이 때문인가? 그 아이 때문이라면, 특별히 호법원에서 그 아이를 보호하겠다."

운정이 고개를 저었다.

"그도 그렇지만, 4일 안에 파인랜드로 돌아가기로 했습니다. 그 약속이 걸려서 임무를 맡기 어려운 것입니다."

"그럼 그 전에 끝내면 될 일이다, 태극마선. 아니, 애초에 그 전에 끝내지 않으면 정채린은 이미 우리 손을 벗어났다고 봐야 해. 그러니 임무에 성공하든 실패하든 4일 안에는 돌아갈 수 있을 것이다."

운정이 잠시 생각하곤 말했다.

"그렇다면 4일 안에 정채린을 되찾지 못한다면 파인랜드로 귀환해도 좋습니까? 여기에 동의하신다면, 이 임무는 제가 맡도록 하겠습니다."

혈적현은 고개를 끄덕였다.

"좋다."

운정 역시도 고개를 끄덕이더니 말했다.

"그럼 일단 임무에 임하기 앞서 이 의문부터 해결해야 합니다."

혈적현이 작게 웃으며 말했다.

"무엇이지?"

운정의 두 눈이 강렬하게 빛났다.

"마법사가 함께 있으면서 공간이동 마법을 쓰지 않고, 직접 산을 타고 움직인 까닭 말입니다."

이에 혈적현의 표정이 모호하게 변했다.

혈적현은 멍한 눈길로 한곳을 바라보다가 곧 손을 들어 관자놀이를 짚었다.

"아주 엉망이군……."

"……."

그는 거친 콧김을 몇 번이고 내쉬었다. 스스로에게 난 화를 좀처럼 가라앉히기 쉽지 않은 듯, 그의 숨소리는 점점 더 커졌다. 혈적현은 그렇게나 간단한 것을 눈치채지 못한 자신을 용서하기 어려웠다.

쿵.

결국 팔걸이를 강하게 내려친 그는 눈을 질끈 감았다.

운정이 말했다.

"태학공자는 어디 있습니까? 그러면 바로 알았을 텐데."

혈적현은 마지막으로 깊은 숨을 내쉬고는 말했다.

"실험실을 정비하고 있다. 하지만 그 이후 공간 마법진을 만든다 하니, 당분간 그의 지혜를 빌리기는 어려울 것이다."

델라이가 천마신교에게 준 공간 마법진은 큰 건물을 필요로 했는데, 천마신교에서는 이미 이를 마련한 상태였다. 제갈극이 마법진을 그리기만 하면 중원 어디든 소수 정예의 고수들을 보낼 수 있게 된다.

그리고 그것이 일단락되면, 동시다발적인 전쟁도 충분히 치를 수 있는 능력을 갖추는 것과 더불어서 전 중원을 상대로 강한 영향력을 미치는 것까지도 가능하게 된다.

간단한 예로, 문제가 생긴 곳에 심검마선이나 흑룡대를 즉시 파견해 버리면 그날로 해결될 것이다.

"우선적으로는 그들이 공간이동을 안 한 것인지 아니면 못한 것인지, 그것을 아는 것이 중요합니다. 전자의 경우는 함정을 판 것일 테고, 후자의 경우는 어쩔 수 없었던 것일 테니까요."

"제갈극은 자신의 실험실에 틀어박혀 있다. 외부와 완전히 단절하고 있어. 그를 기다린다면 추격이 너무 늦어질 가능성이 크다."

"어떤 문제인데요?"

갑자기 들린 목소리에 운정과 혈적현이 동시에 아이시리스를 보았다.

아이시리스는 배시시 웃고 있었다.

운정이 말했다.

"그러고 보니, 너 또한 마법사로구나."

아이시리스가 뚱한 소리를 냈다.

"엄연히 위자드(Wizard)라고요, 이제!"

지팡이와 패밀리어 그리고 핸즈프리즈 주문.

견습 마법사가 이 셋을 완성하면 위자드가 된다.

운정이 말했다.

"언제 위자드가 되었느냐?"

아이시리스가 대답했다.

"얼마 전에요. 딱히 숨긴 건 아니지만, 아무도 물어보질 않았으니까."

"……."

"아무튼 말해 줘요. 무슨 일이에요?"

그 말에 운정은 혈적현에게 고개를 돌리고 말했다.

"일단은 출발하겠습니다. 한시라도 빠르게 움직이는 것이 좋을 듯합니다."

혈적현이 눈초리를 모았다.

"함정이라면?"

"함정이어도 전 정면 돌파 할 생각입니다. 정채린을 되찾아야 하니까요. 때문에 결국 제 행동이 바뀌는 것은 없습니다. 그러니 미리 출발하겠습니다. 조언은 가면서 듣겠습니다."

혈적현은 아이시리스를 한 번 흘겨보고는 말했다.

"좋다. 어서 가라."

운정은 포권을 취해 보였다. 그러자 아이시리스가 옆에서 말했다.

"내가 직접 올라갈게요!"

운정은 빠르게 등을 내주었고, 아이시리스는 그 위에 업혔다. 그러자 운정이 즉시 제운종을 펼쳐서 교주전을 나섰다.

밤하늘 아래에서 고속으로 달리며, 운정이 아이시리스에게 말했다.

"정채린이란 여인에게 데빌(Devil) 하나가 기생하고 있다. 혹여 그 때문에 공간이동을 하지 못하지 않나 생각한다. 혹시 이에 대해서 아는 것이 있느냐?"

빠른 속도로 인해 도저히 눈을 뜰 수 없을 만큼 강한 맞바람이 불어닥쳤다. 아이시리스는 운정의 등 뒤에 고개를 파묻고는 메시지 마법으로 말했다.

[데빌에 대해서 잘 알지 못하지만, 그들이 사람에게 기생하고 있다면 분명 아스트랄(Astral)에 있는 것이겠지요? 그럼 공간이동에 큰 문제는 없어요.]

운정이 대답했다.

"그렇지는 않다. 그 마족을 떼어 놓기 위한 주문으로 인해 현실에 나와 있다."

아이시리스가 물었다.

[그게 무슨 말이에요? 데빌이 현실에 나와 있다고요? 왜 굳이 나와 있죠? 자기를 떼어 놓으려고 하는 건데?]

운정은 전에 실험실에서 정채린을 봤던 기억을 떠올렸다.

"태학공자가 마족 소환 주문을 역으로 실행해서 정채린의 그림자에 숨어든 데빌을 현실에 가뒀다는 것이 좀 더 정확하겠구나. 그 데빌이 다시 돌아가지 못하고 있었으니까."

아이시리스는 잠시 이해하지 못하다가 곧 되물었다.

[아하, 그러니까 강제적으로 데빌을 현실에 두고, 그 둘 사이의 연결선을 끊으려 했다는 것이죠?]

"그런 것 같구나."

[그리고 그 상태로 공간이동을 할 수 있는지 그 여부가 궁금하다는 것이고요.]

"정확하다."

아이시리스는 짧게 대답했다.

[안 될 거예요.]

아이시리스는 오래 고민하지 않았으니 확실한 이유가 있을 것이다.

운정이 물었다.

"왜 안 되느냐?"

[데빌은 공간이동을 못 하거든요.]

그 말을 듣자 운정은 순간 번쩍이는 기억이 있었다.

당시 그는 몽롱한 상태로 기절해 있어서 뚜렷하게 알진 못했다. 하지만 귓가로 들리는 먹먹한 소리 중 분명히 마족은 공간이동을 할 수 없다는 정보가 희미하게 남아 있었다.

"그러고 보니 데빌이 공간이동을 하면 공간에 흡수되어 버린다는 말을 들었던 것 같다. 그 순수한 마나로 이뤄진 육신으로 인해서."

[정확하게 말하면 공간과 공간 사이에 있는 보이드(Void)에 흡수되는 것이죠.]

"보이드. 한어로 하면 균열 정도가 되겠구나."

[맞아요, 마스터. 사실 그것이 데빌을 없애는 가장 좋은 방법입니다.]

"……"

아이시리스는 중얼거리듯 말했다.

[데빌은 모든 면에서 인간을 상회하고, 선천적으로 마나를 보고 느끼고 또 직접 만질 수도 있으며, 마법을 먹어 치워 버리기에 어떤 마법도 그들에게 통하지 않죠. 때문에 상대하기 극히 까다로운 존재들이라고 해요. 그런데 이런 데빌들을 전문적으로 사냥하는 데빌헌터(Devil hunter)라는 사람들이 있어요. 아직까지 남아 있는지는 모르겠지만, 그들이 데빌을 죽이는 주문, 파워-워드 데이사이드(Power-word Deicide)는 사실

공간이동을 기반으로 한 주문이라고 하더군요. 보이드를 이용하는 거죠.]

운정은 여러 지식의 파편들이 하나로 모이는 기분을 느꼈다.

"놀라운 지식이로구나. 어디서 알게 된 것이냐?"

[최근에 스승님한테 졸라서 왕가의 서재에 있는 책들을 좀 읽었거든요. 덕분에 위자드가 된 것도 있고요.]

운정은 묘한 표정을 지었다.

왕가의 서재는 도대체 어떤 건물일까?

그 건물 입구에 있던 마법진 내의 마나 흐름은 자연적이었다. 하지만 그 복잡함은 절대로 자연적일 수 없었다. 이를 다시 말하자면, 처음에는 인위적이었던 것이 수백 년은 물론이고 적어도 천 년 동안 흐르다 보니 자연적으로 변한 것이다.

이는 마치 인위적으로 낸 도랑에 물이 흐르고 흘러 자연적인 강으로 변모한 것과 같다.

운정은 고개를 살짝 흔들었다. 지금은 거기에 신경 쓸 겨를이 없다.

그가 말했다.

"그렇다면 함정을 파기 위해서 공간이동을 일부러 안 한 것은 아니겠구나. 할 수 없었기에 도보로 움직인 거야."

이에 아이시리스가 말했다.

[상황을 좀 더 자세하게 설명해 주면 안 돼요? 이해가 잘 안 가요.]

운정은 현 상황을 그녀가 이해할 수 있게끔 최대한 자세히 설명했다.

그의 설명이 거의 끝나갈 때쯤, 그는 낙양 북부 쪽에 있는 지소에 도착했다. 오두막집 하나만 덜렁 있는 그곳은 마조대만이 쓰는 곳으로 낙양 주변의 정보가 모여드는 중심지 중 하나였다.

탁.

운정이 땅에 도착하자, 아이시리스는 아쉬운 표정을 지었다. 그의 등 뒤에서 하는 여행이 나름 재밌었기 때문이다.

아이시리스가 폴짝 뛰어서 옆에 착지했다. 그리고 바로 운정에게 딱 붙었다.

운정은 오두막집을 향해서 말했다.

"마조대원, 안에 있습니까?"

그 질문에 천으로 가린 문에서 한 마조대원이 걸어 나왔다. 허리가 휘어 있었고, 피부에 주름이 잔뜩 있었지만, 그 눈빛에선 미약한 마기가 일렁였고 또 젊은 혈기가 서려 있었다.

마치 눈동자만 젊은 느낌.

운정은 그의 본래 나이가 어리나, 익힌 마공의 부작용으로 인해서 급격하게 늙었다는 걸 눈치챌 수 있었다.

그 마인이 말했다.

"안녕하십니까, 태극마선 대장로님. 이곳까지 직접 오셨을 줄은 몰랐습니다. 태극마선께서 교주전에 들어가셨다는 정보를 좀 전에 받았는데, 거기서 나오셨다는 정보가 오기도 전에 먼저 나타나신 것을 보니, 그곳에서 곧장 이곳으로 오신 듯합니다만, 맞습니까?"

운정은 가만히 그를 쳐다보며 대답했다.

"내가 교주전에 들어갔다는 정보를 이 지소에서 알아야 하는 이유가 무엇입니까?"

그 말에 마조대원은 고개를 더욱 조아리며 말했다.

"아, 오해하지 마시기를. 저희 마조대에선 대장로님들의 위치를 항시 따라가고 있습니다. 이는 태극마선 대장로님에게만 국한된 것은 아닙니다."

그때, 한쪽에서 푸드득거리는 소리가 나더니, 한 전서구가 그 마인에게로 날아들었다. 마인이 오른팔을 옆으로 뻗자, 그 위에 안착했는데 그 다리에 작은 통을 하나 매달고 있었다. 마인은 전서구를 몇 번 쓰다듬더니, 그 작은 통을 열어 암호문 하나를 꺼내 읽었다.

그러곤 방긋 웃더니 운정을 바라보았다.

"지금 막 도착했군요. 태극마선께서 교주전을 떠나 이곳으로 향하신다는 소식이."

"……"

운정은 눈에 내력을 담아 그 마조대원이 들고 있는 암호문을 보았다. 거기에는 고작 두 글자가 쓰여 있다.

과연 겨우 두 글자로 운정이 교주전을 떠나 이곳으로 향하고 있다는 정보를 나타낼 수 있을까?

운정은 일단 그 두 글자를 머릿속으로 익혀 두었다.

그런데 그때, 마조대원의 웃음이 조금 짙어졌다.

"마조대의 암호는 시시때때로 변하기 때문에, 지금 이 글자들은 하루도 안 되어서 폐기되고 말 겁니다. 그러니 이 암호문에 있는 두 글자를 외우셔도 소용없습니다, 태극마선 대장로님."

운정이 덤덤한 목소리로 말했다.

"흥미가 돋는 말이군요. 마조대의 암호문이 어떻게 운용되는지 더욱 궁금해집니다."

마조대원의 웃음이 옅어졌다.

그가 물었다.

"감히 묻자온데, 혹 전 마조대주였던 지화추를 쫓기 위하여 이곳에 온 것입니까?"

운정이 되물었다.

"그 사실은 어찌 알았는지요?"

"그야, 오늘 아침 교주께서 지화추 전 단장의 도주 경로를 파악하여 보고하라는 명을 내리셨기 때문입니다. 태극마선께서 교주전에서 나오셔서 이리로 급히 오셨다면, 분명 지화추단장을 추격하는 일을 맡으신 것이라 생각되는데 아닙니까?"

운정은 일절 표정의 변화 없이 말했다.

"맞습니다. 교주명을 받아 수행하고자 합니다."

마조대의 눈주름이 깊어졌다.

그의 시선이 아이시리스를 향했다.

"한데 옆에 있는 색목인 여아는?"

"신경 쓰지 않으셔도 됩니다."

"……."

"제가 이곳에 온 이유는 마조대에서 교주께 제공한 지도에 몇 가지 질문이 있었기 때문입니다."

"어떤 부분에서 질문이……."

운정은 마조대원의 말을 뺏었다.

"직접 그 지도를 작성한 마조대원과 이야기를 하고 싶습니다. 당사자에게 묻는 것이 가장 빠를 테니까요."

그 말에 마조대원의 얼굴이 살짝 굳었다.

그러나 곧 그는 다시금 미소를 그리더니 양팔로 오두막집 안쪽을 가리키며 말했다.

"안에서 지도를 갱신하는 작업을 진행 중입니다. 들어오시겠습니까?"

마조대원의 눈가엔 살기가 일절 없었다.

일단 그 지소에는 아무런 함정이 없는 것이다.

운정은 고개를 끄덕이곤 안으로 들어갔다. 이에 아이시리스는 그의 왼팔을 붙들고 같이 들어갔다.

안은 밖에서 보이는 것보다 넓었다. 그리고 그 넓은 곳의 대부분은 큰 지도가 장악하고 있었고 그 테두리에만 사람이 겨우 지나다닐 만한 공간이 있었다.

그 안에는 거지꼴을 하고 있는 한 명의 마조대원이 있었다. 그의 앞에는 넓은 종이 하나가, 지도 위에 있었다. 그는 거대한 붓을 들고 거침없이 놀리며 그 종이 위를 덧칠했다.

그 마조대원은 운정과 아이시리스에게 눈길조차 주지 않고 자신의 작업을 이어 갔다.

운정이 포권을 취했다.

"태극마선입니다. 지화추 단장에 관련한 추격 정보를 작성하……."

그 마조대원은 운정의 말을 잘랐다.

"죄송합니다만, 잠시만 기다려 주십시오. 곧 끝납니다."

이에 운정은 말을 멈추고 그의 작업이 끝나기를 기다렸다.

반각의 절반밖에 되지 않는 짧은 시간이 지나고, 그 마조대원은 붓을 내려놓았다. 그리고 덧그리던 종이를 들어 운정에게 가져왔다.

"이것은 막 갱신된 정보입니다. 전에 드렸던 것보다 더욱 정확할 것입니다."

운정은 그것을 받았다.

그리고 넓게 펼쳐 보았다.

새로 그려진 지화추의 동선은 전에 마조대의 지도에 있던 그것과 팔 할 정도 유사했다.

그리고 달라진 이 할은 호법원이 작성한 지도와 완전히 똑같았다.

"……."

그 마조대원은 고개를 더욱 조아리며 말했다.

"밖에서 하시는 말씀은 들었습니다. 제가 작성한 지도에 관련해서 어떤 질문이 있으신지요?"

운정은 지도에서 시선을 거두어 그 마조대원을 보았다.

운정이 물었다.

"이 지도는 누가 작성했습니까?"

"방금 보셨다시피 제가 했습니다."

"도운 이는 없습니까?"

"도운 이라 하시면, 어느 정도까지를 말씀하시는지요?"

"어느 정도?"

그 마조대원은 몸을 뒤로 하며 말했다.

"이 지도를 작성하기 위해서 이리 뛰고 저리 뛰고 했습니다만, 제가 그렇게 할 수 있었던 이유는 제가 알지 못하는 곳에서 활동하는 수많은 마조대원들의 도움이 있었다고도 할수 있고, 혹은 제게 마공을 가르쳐 줬다가 질투가 나서 절 죽이려고 했다가 제게 되레 죽음을 당했지만 결국 절 주화입마에 빠지게 만들어 이렇게 마조대에 들어오게까지 만든 제 스승도 있을 것이고, 그도 아니면 절 무사히 낳으시고 그 무엇과도 바꿀 수 없는 행복한 어린 시절을 허락해 주신 어머니도 있고. 하늘과 땅을 창조한 반고(盤古)라 할 수도 있겠군요. 그러니 어디까지의 도움을 말씀하시는지 감을 잡기 어렵습니다."

"간접적인 도움이 아니라 직접적인 도움을 준 사람 말입니다."

"그 또한 어느 정도를 묻지 않을 수 없는 것이, 직접적인 것과 간접적인 것의 차이는 사람마다 다르므로, 태극마선님의 정의를 알지 못하는 한, 제가 대답할 수 없는 겁니다."

"내 정의에 맞출 필요 없으니, 본인의 판단으로 말씀해 주시면 됩니다."

그 마조대원은 눈동자를 하늘 위로 향했다가 다시 운정을 보았다.

"그렇다면 마조대 전체입니다."

"……"

"진실을 보실 수 있으신 분이니, 제가 하는 말이 거짓이 아님을 아시리라 믿습니다."

운정은 그 마조대원을 빤히 바라보았다.

그 마조대원도 똑같은 눈길로 운정을 바라보았다.

운정은 곧 들고 있던 종이를 상 위에 내려놓았다.

이후 자기 옷을 탁 하고 털더니, 그 앞에 자리했다.

그가 물었다.

"이 지도를 그리는 데 직접적으로 도와줬다 함이, 직접 붓을 가지고 그린 사람을 묻는다 하면, 몇입니까?"

"저 혼자입니다."

"그렇다면 정보를 제공한 사람은 몇입니까?"

"마조대 전체입니다."

운정은 눈을 살짝 찌푸렸다.

왜냐하면 진실일 수가 없는 말을 진실로 대답했기 때문이다.

마조대 전원을 알지 못하는 사람이 마조대 전원이 자신을 도와줬다고 말할 수는 없는 노릇이다.

다시 말하면 논리의 오류가 있다.

운정이 말했다.

"방금 제가 말한 '정보'를 무엇에 관한 정보라 생각하셨습니까?"

그 말에 마조대원이 태연하게 대답했다.

"정보 그 자체를 말함이 아니었습니까? 특정한 정보라면 특정한 정보라고 말씀하셔야 제가 확실히 알 듯 합니다, 태극마선."

운정은 양손을 들어 입가에 모았다.

마조대에서도 아마 고르고 고른 자일 것이다.

그가 잠시 생각한 뒤 말했다.

"이 지도를 그리는 데 직접적으로 도와줬다 함이, 정보를 제공한 사람이라면, 몇입니까?"

"불특정 다수입니다."

"이 지도를 그리는 데 직접적으로 도와줬다 함이, 정보를 제공한 사람 중 당신에게 전서구를 날린 사람이라면, 몇입니까?"

그 말에 마조대원의 눈가가 미미하게 떨렸다.

"넷입니다."

"이 지도를 그리는 데 직접적으로 도와줬다 함이, 정보를 제공하기 위해 당신에게 전서구를 날린 네 사람 중, 지화추 단장을 직접 만난 사람이 있다면, 몇입니까?"

"모릅니다."

"이 지도를 그리는 데 직접적으로 도와줬다 함이, 정보를 제공하기 위해 당신에게 전서구를 날린 네 사람 중, 당신을 직접 만난 사람이 있다면, 몇입니까?"

처음으로 그 마조대원의 눈길이 운정에게서 벗어났다.

자신의 상관을 한 번 쳐다본 그 마조대원은 다시금 운정을 바라보며 말했다.

"한 사람입니다."

운정이 즉각 물었다.

"그 한 사람이 제 뒤에 서 계신 분입니까?"

"그렇습니다."

운정이 돌아앉아 뒤에 서 있던 마조대원에게 물었다.

"당신은 지화추 단장을 만났습니까?"

그 마조대원은 잠시 생각하더니 고개를 끄덕였다.

"그렇습니다."

"언제 만났습니까?"

"잘 기억나지 않습니다."

"오래전입니까?"

"그, 아, 아닙니다."

"오래전이 아닌데 기억이 나지 않습니까?"

"……"

"대답을 거부하실 겁니까?"

그 마조대원은 다시 입을 열었다.

"그런 것이 아니라, 기억을 되살려 보고자 한 것입니다. 하지만 역시 기억나지 않습니다."

"오래전은 아니지만, 기억은 나지 않는다면, 인위적으로 기억을 지웠습니까?"

"……."

"지웠습니까?"

"그, 그렇습니다."

운정은 다시 고개를 돌려 앉아 있던 마조대원을 보았다.

"잠시 저와 함께 가시지요. 이 지도대로 같이 가 보도록 하겠습니다."

그 마조대원은 즉시 자리에서 일어났다.

"존명."

운정은 그 오두막집을 빠져나왔다. 그리고 그 마조대원이 나오기를 기다렸다.

따라 나온 그 마조대원은 떨떠름한 표정을 지은 채, 경공을 펼쳐 움직이기 시작했다.

운정은 아이시리스를 업고 그 뒤를 바짝 쫓으며 말했다.

"지도에 나와 있던 그 노선이 아닌 듯합니다만."

앞서 경공을 펼치던 마조대원이 말했다.

"마지막으로 보인 혼적으로 가려고 합니다만, 아닙니까?"

"제3봉 앞에 표기된 곳에 가고 싶습니다. 첫 번째 혼적이라 적힌 곳 말입니다."

"……."

"그쪽으로 안내하십시오."

"조, 존명."

그 마조대원이 방향을 바꾸자, 운정도 그를 따라갔다.

대략 일각 정도 지났을 무렵, 그들은 한 봉에 도착할 수 있었다. 솟아오른 형태의 바위산이었는데, 그리 높지는 않았다.

그 아래에서 멈춰 선 마조대원이 운정에게 말했다.

"여기 보십시오. 이것이 저희가 찾은 첫 번째 흔적입니다."

마조대원은 손가락으로 땅을 가리켰지만, 운정의 시선은 오로지 그 마조대원을 향해 있었다.

"그 첫 번째라 함은 마조대가 첫 번째로 찾았다는 의미입니까? 아니면 지화추 단장이 시간상 가장 첫 번째로 남긴 흔적이라는 겁니까?"

그 마조대는 잠시 말이 없다가 대답했다.

"저희가 첫 번째로 찾았다는 의미입니다."

"이상하군요. 적을 추격하는 데 있어, 마조대가 어떤 흔적을 먼저 찾았는지가 왜 중요합니까? 그들이 시간상 흔적을 남긴 순으로 보여 줘야 하는 것이 정상 아닙니까?"

"……."

"정상 아닙니까? 이건 엄연히 질문입니다."

그 마조대원은 마른침을 삼킨 뒤에 말했다.

"맞습니다."

"그렇다면, 왜 제가 '첫 번째'라고 한 말을 정상적인 정의로 해석하지 않으시고 비정상적인 정의로 해석하셨는지 그 이유를 묻고 싶습니다."

"제가 오해했습니다. 죄송합니다, 태극마선."

"왜 오해했습니까?"

"예?"

마조대원이 운정과 눈이 마주쳤다.

운정은 그를 똑바로 바라보며 물었다.

"왜 오해했습니까?"

"……."

"제 질문에 대답하지 않으실 겁니까?"

그 마조대원은 입술을 살짝 깨물더니 말했다.

"제, 제가… 제가 오해하려 했기 때문입니다."

"그렇다면 당신에게 제 말을 오해해서 들으라고 지시한 이가 누굽니까?"

"그런 사람은 모릅니다."

"그렇다면 무기명으로 명령이 하달되었군요. 그런데 그 명령에 왜 따르십니까?"

그는 다시금 뜸을 들이다가 곧 대답했다.

"마조대의 인장이 있었기 때문입니다."

"그렇다면 아까 전부터 제가 말한 특정 단어들을 최대한 일부러 오해하여 대답을 진실로 말하되 논리상으론 오해를 낳게 되는 그 기술은 누가 고안한 것입니까? 당신이 고안한 것입니까?"

그 마조대원은 입술을 몇 차례 달싹거렸다가 이내 대답했다.

"그렇습니다."

"때문에 당신이 이 일을 맡게 되었고요. 맞습니까?"

그 마조대원은 깊은 심호흡을 한 뒤 대답했다.

"맞습니다."

"그렇다면 묻겠습니다. 지금 제가 와서 이러한 질문들을 할 것을 이미 알았습니까?"

"몰랐습니다."

"하지만 제게 질문을 받는 것에 대해선 이미 훈련이 되어 있었던 것 같은데, 지속적으로 준비하신 겁니까?"

"그렇습니다."

"그 훈련은 누가 지도했습니까?"

"……"

"대답하지 않으시려고요? 지금까지 제 질문에 계속해서 대답하신 이유는 단 하나의 거짓이라도 제 머릿속에 넣기 위해 안간힘을 쓰는 것 아니었습니까? 제가 하나만 오해한다면, 그 오해함을 바탕으로 계속해서 거짓을 진실로 만들 수 있을 테니까요. 아닙니까? 정말로 포기하셨습니까?"

"……."

"다시 질문하지요. 그 훈련은 누가 지도했습니까?"

그 마조대원은 이를 악물었다. 그러곤 대답했다.

"지화추 단장입니다."

"이를 얼마나 오랫동안 훈련하신 겁니까?"

"두 달쯤 되었습니다."

"지화추 단장이 납치 사건을 벌이기 전에, 전 파인랜드에 있었습니다. 때마침 우연치 않게 제가 중원에 돌아왔기에 이 임무를 맡을 수 있었습니다. 그걸 계산하고 이곳에서 절 기다릴 순 없었을 겁니다. 어떻게 제가 오리라 예상한 것입니까?"

"예상하지 못했습니다."

"하지만 준비는 하고 있었다?"

"그렇습니다."

운정은 팔짱을 꼈다.

지금은 마치 운정이 몰아붙이는 듯했지만, 사실 급한 건 운정이다. 진실로 점쳐진 그 마조대원의 대답 속에서 '진정한 진실'을 찾아내 정채린을 추격해야 한다.

그 반면에 마조대원은 운정이 하나만 오해하게 만들면 된다. 그것을 바탕으로 일부러 더욱 오해하게끔 유도하는 것이다. 그로 인해 그 안에 거짓을 심고 함정으로 유인할 것이다. 또한 불리하다 싶으면 이 승부를 포기하고 입을 닫아 버리면 그만이다.

운정이 말했다.

"새로 갱신된 지도에 따르면 제3봉과 제2강 사이의 지점에서, 여러 사람이 머물렀던 흔적이 있다고 합니다. 대략 반 시진을 머물렀다고 기록되어 있었습니다만."

"그렇습니다."

"그것은 혹 당신이 직접 발견한 흔적입니까?"

"아닙니다."

"어떻게 얻었습니까?"

"전서구를 통해서 받은 정보입니다."

운정은 눈빛을 날카롭게 빛냈다.

"그곳에 가신 적은 있습니까?"

"있습니다."

"그곳에 있었을 때, 몇 명이나 있었습니까?"

"저 혼자였습니다."

운정의 눈빛이 더욱 날카로워졌다.

"그곳에 몇 번 갔습니까?"

그때, 그 마조대원의 눈썹이 살짝 떨렸다.

"두 번입니다."

"방금 혼자 갔다고 한 것은 두 번 중 언제입니까?"

"두 번째입니다."

"그럼 첫 번째로 그곳에 갔을 때는 누구와 함께 있었습니까?"

그 마조대원은 잠시 눈을 감았다가 떴다.

"혼자였습니다."

운정은 그를 뚫어지게 바라보다가 곧 조용히 말했다.

"'그곳'을 일부러 오해하셔서 대답을 빗겨 가셨군요."

"……"

"그곳을 정확하게 정의해 드리겠습니다. 새로 갱신된 지도에 따르면 제3봉과 제2강 사이의 지점에서 흔적이 발견된 곳이 있습니다. 그곳에 첫 번째로 가셨을 때 누구와 함께 있었습니까?"

그 마조대원은 잠시 뜸을 들이다가 결국 허무한 웃음을 지었다.

"도저히 안 되겠군요. 이대로 계속하다가는 오히려 저희 쪽에서 정보만 뺏기는 꼴이지요. 춧!"

사람의 입에선 절대 날 수 없는 소리가 그 마조대원의 입에서 났다.

그 마조대원은 그대로 앞으로 꼬꾸라졌다.

운정은 빠르게 그에게 다가가 그가 땅에 부딪히기 전에 그를 들었다.

그의 코에서는 선혈이 흘러나왔고, 두 눈동자는 각기 다른 것을 보고 있었다.

"히이익, 주, 죽었어요?"

아이시리스는 운정의 등에 고개를 파묻어 버렸다.

운정은 그 마조대원의 몸을 공손히 땅 위에 눕혀 주며 말했다.

"무슨 원리인지 모르겠으나, 즉사했구나."

그는 앉아서 마조대원의 두 눈을 감겨 준 뒤에 다시 일어났다.

아이시리스는 여전히 얼굴을 묻은 채로 물었다.

"이제 어떻게 하게요? 뭐 알아낸 건 있어요?"

운정은 고개를 끄덕였다.

"그래도 수확이 아주 없진 않았다. 적들은 '진실을 꿰뚫어 볼 수 있는 사람'을 대비했으나, 나는 예상치 못했다. 즉, 나 의외에 진실을 꿰뚫어 볼 수 있는 다른 사람을 대비한 것이다. 혈적현 교주나 천살성들로 구성된 호법원이겠지."

"오호? 그런 굉장한 능력을 지닌 사람들이 중원에는 많나 봐요? 그래서요? 둘 중 누구를 대비한 거로 생각하시는데요?"

"교주는 인공 영안으로 진실을 꿰뚫어 볼 수 있는데, 적은 그것을 가져갔다. 그러니까, 그들이 대비한 사람은 호법원이겠지."

"흐음."

"이자는 아마 진실을 추궁하려고 찾아온 호법원들을 상대했을 것이다. 단어의 의미를 일부러 오해하는 방법을 통해서 교묘하게 호법원들에게 오해를 심었을 것이다. 그리고 나온 결과가 바로 호법원들이 만든 지도."

"……."

"그러니까, 호법원들의 지도조차도 마조대에서, 아니, 이자에게 조작된 것이라는 뜻이다. 그 증거로 이자는 내가 지소에 도착하자 허겁지겁 호법원에게 준 지도를 그대로 다시 만들어서 내게 주었다. 내가 할 질문들을 미리 덮으려 했던 것이지. 그러니 날 예상치 못한 것은 분명한 듯하다."

"아무튼 알겠어요. 그래서 마스터께서 쫓고 계신 사람들은 어떻게 찾을 수 있는데요?"

"내가 물어봤던 지점, 즉 제3봉과 제2강 사이의 지점에서 적들은 반 시진이나 머물렀다고 기록되어 있지. 전체 지도에서 그들이 그 정도로 오랫동안 머무른 흔적이 기록된 곳은 거기 하나다. 그리고 그곳은 첫 번째 지도에는 없지만 두 번째 지도에는 생겨난 곳이기도 하고. 즉, 그들은 교주의 명을 받은 추격자가 누가 되었든 간에, 그곳으로 유인하려 했다고 볼 수 있다."

"……."

운정은 하늘로 고개를 들고는 말했다.

"하지만 한 가지 의문이 있지."

"또 뭐요?"

"내가 중원에 넘어온 것은 오늘 저녁쯤. 지금으로부터 대략 두 시진 전이다. 그러니 마조대라면 내가 추격자가 될 것을 두 시진 전에는 알았을 것이다."

아이시리스가 재빨리 말했다.

"하지만 납치 사건이 벌어진 당시에는 마스터를 예상하지 못했어요. 이후에 알게 된 것이지요. 아하! 그렇다면 이 마조 대원이 마스터를 예상하지 못했다는 그 말은 마스터가 추격 자로 나설 것을 예상하지 못했다는 것이 아니라, 납치 계획을 실행하는 순간까지 마스터의 존재를 예상하지 못했다는 의미 겠군요?"

운정은 고개를 끄덕였다.

"마지막까지 오해를 낳으려고 한 것이다."

"흐음, 어떤 의미에서 대단하네요."

운정은 눈길을 돌려 한쪽을 멀리 바라보았다.

그쪽 방향에는 반 시진의 흔적이 기록된 곳이 있었다.

운정이 말했다.

"적들은 겨우 두 시진 안에, 날 붙잡을 계획을 세워야만 했 다. 때문에 치밀하게 준비할 수는 없었을 것이다. 그렇다면 이미 가지고 있었던 것을 총동원해 날 기다리고 있을 확률이 크다. 어차피 그냥 도망쳐서는 내 경공으로부터 도망갈 수 없을 테니까."

아이시리스가 되물었다.

"그렇다면?"

운정은 그쪽을 더 이상 보지 않고 몸을 돌렸다.

"더 도망가지 않는데, 내가 서둘러 쫓을 필요는 없다."

말을 마친 그는 아이시리스를 업은 채 천마신교 낙양본부를 향해 제운종을 펼쳤다.

"그래서 그냥 돌아왔다는 것이냐?"

혈적현은 절대지존좌에 그대로 앉아 있었다.

그 앞에 선 운정은 등 뒤에 업은 아이시리스를 옆에 내려주며 말했다.

"저를 유인하려 했던 제3봉과 제2강 사이의 지점. 그곳에 판 함정은 제가 중원에 나타난 것을 확인한 뒤에 판 것입니다. 두 시진 내로 급하게 준비한 것이지요. 그러니 무엇을 준비했을지는 충분히 예상이 갑니다."

"무엇이지?"

"디아트렉스. 적들에겐 절 상대할 수단이 그 마족밖에 없습니다."

"그래서 그들이 더 도주하지 않았다는 뜻이더냐?"

"그렇습니다. 디아트렉스는 정채린의 몸에서 멀리 떨어질 수 없으니까요."

혈적현은 고개를 살짝 저었다.

"만약 그들이 우리가 알지 못하는 기계공학을 가졌다면? 과거 나는 입신에 올랐던 심검마선을 기계공학의 도움을 받아 방심을 유도하여 대등하게 싸웠다. 디아트렉스가 아닌 기계공학으로 함정을 팠을 수도 있다. 그렇다면, 정채린은 지금도 우리의 손에서 멀어지고 있을 수 있지."

운정이 앞으로 한발 나서며 물었다.

"심검마선을 상대하기 위해서, 교주께서는 얼마나 준비하셨습니까?"

혈적현은 가라앉은 눈으로 운정을 지그시 보다가 툭하니 대답했다.

"이 년이다."

"그들에겐 겨우 두 시진이 있었습니다."

"……."

혈적현이 입을 다물자, 운정이 말을 이었다.

"디아트렉스는 과거 화산파 장문인이자 향검의 경지에 올랐던 안우경을 상대할 수 있었습니다. 그 사실을 적들도 알고 있을 테니 디아트렉스를 이용할 것입니다."

혈적현은 잠시 땅으로 시선을 두며 고민하더니 말했다.

"그래서? 어떻게 하자는 거지?"

운정이 대답했다.

"태학공자를 데려가야 합니다. 제가 디아트렉스를 이긴다 해도, 정채린이 큰 화를 당할 수 있습니다. 그러니 마법적인 도움을 반드시 받아야 합니다."

혈적현은 고개를 끄덕이며 자리에서 일어났다. 그리고 곧 뒤로 걸어가, 한쪽에 있던 책 하나를 들었다. 그것을 내려다보다가 곧 운정을 향해서 내밀었다.

운정은 바람의 힘으로 그것을 가져왔다.

서책은 얇았는데, 표지에는 아무것도 쓰여 있지 않았다.

다시 절대지존좌에 앉은 혈적현이 말했다.

"안 그래도 네가 출타한 동안 제갈극에게 도움을 청하려고 지고전에 갔다. 실험실 앞에서 기다리자, 이 책자를 던져 주며 거기 색목인 아이에게 주라고 하고는 다시 안으로 들어가 버렸다. 이후 아무 말이 없었지."

운정은 그 책을 옆에 있는 아이시리스에게 주었다.

아이시리스는 흥미 어린 시선으로 그 책의 첫 장을 펼쳤는데, 그 순간 짧은 감탄 소리를 냈다.

"우와!"

운정이 물었다.

"무엇이 적혀 있느냐?"

아이시리스가 대답했다.

"Unsummoning of Devil! 마족 역소환 주문이네요. 이토록 깔끔하고 체계적인… 아름다워요. 로스부룩이 작성했다고 봐도 좋을 만큼 말이죠."

혈적현이 그녀를 보다가 툭하니 말했다.

"저 아이라면 그걸 공부해서 자기 대신 널 도와줄 수 있을 거라고 했다. 정채린을 되찾은 이후를 말하는 것 같았지만, 일이 이렇게 된 이상 어쩔 수 없지."

"……."

아이시리스는 주변에 전혀 신경 쓰지 않고 그 책자를 탐닉하기 시작했다.

혈적현이 그 모습을 보다가 나지막하게 물었다.

"그것을 전부 이해하고 시행하는 데 얼마나 걸릴 것 같으냐?"

아이시리스는 책장을 휘리릭 넘겨 보며 양을 대강 가늠하고는 말했다.

"대략 반 시진 정도? 그 정도 걸릴 것 같네요."

운정은 혈적현을 보며 말했다.

"태학공자를 불러 주십시오. 너무 위험한 일입니다. 정채린을 되찾은 뒤라면 모를까, 실전에 아이시리스를 휘말리게 할 수는 없습니다."

혈적현은 고개를 저었다.

"그는 실험실에서 나올 생각이 없는 듯하다. 아마 다 고칠 때까지는 얼굴조차 보이지 않겠지. 아쉽지만 그 색목인 아이와 함께 정채린을 구출해야 할 것이다."

"죄송하지만 전 아이시리스를 위험에 빠뜨릴……."

그때, 아이시리스가 운정의 말을 잘랐다.

"내가 하고 싶어요, 마스터."

"……."

운정은 말없이 아이시리스를 내려다보았다.

그녀는 똘망똘망한 눈길로 그를 올려다보았다.

"어머니조차 절 성인으로 인정하시고 자유를 주셨어요. 그런데 마스터께서 절 어린아이 취급 하실 건가요?"

운정은 나지막하게 대답했다.

"그런 뜻이 아니다. 아마 큰 전투가 될 것이다. 어린아이고 성인이고의 문제가 아니라 강자와 약자의 문제다. 이제 막 위저드가 된 네가 감당할 수 있는 것이 아니야."

아이시리스가 말했다.

"그러는 마스터께서는 언제나 감당할 수 있는 것에만 나섰나요? 아니면 감당치 못할 것 같은 것도 도전하시고 앞으로 나아가셨나요?"

"……."

"전 돕고 싶어요, 마스터. 어머니의 품을 벗어난 지금은 더

더욱 보호만 받고 있는 것을 참을 수 없어요."

운정은 입을 몇 번이고 달싹였지만, 끝내 아무 말도 하지 못했다.

혈적현이 말했다.

"네가 오지 않는 것을 보고 저들이 생각을 바꿀 수 있다. 함정을 다시 회수하고 청룡궁으로 향할 수 있지. 뭐, 그때를 기다렸다가 그를 다시 뒤쫓아도 될 것이다. 그 색목인 아이의 안위가 걱정된다면 그렇게 해."

운정은 고개를 저었다.

"지화추 단장이 저들에게 넘어간 이상, 시간을 끌 수는 없습니다."

"……."

운정은 자리에 앉았다. 그리고 아이시리스와 눈높이를 맞추었다.

그가 말하려는데, 아이시리스가 먼저 입을 열었다.

"마스터, 전 신무당파의 제자가 아닌가요?"

갑작스러운 질문에 당황했지만, 운정은 곧 고개를 끄덕였다.

"맞다."

"그렇다면 전 신무당파의 선을 추구해야 해요. 맞죠?"

"그 역시 맞다."

"마스터의 마음은 잘 알지만, 마스터께서 제 안위를 걱정하여 제 도움을 거절하신다면, 신무당파의 개파조사로서 바람직하지 않아요."

"……."

"인정하신다면 제가 도와드릴 수 있게 허락해 주세요."

운정은 고개를 숙이며 깊은 숨을 내쉬었다. 하지만 그렇게 한다 한들 아이시리스의 말이 틀리게 되는 것은 아니다.

그는 결국 인정할 수밖에 없었다.

"좋다. 하지만 절대로 위험한 거리까지 다가오지 말거라. 알겠느냐?"

아이시리스의 표정이 밝아졌다.

"네! 좋아요."

운정은 그녀에게 등을 내주었다. 아이시리스는 즐거운 표정으로 그 등에 업힌 뒤에, 양손으로 책을 잡고 다시 읽어 내려가기 시작했다.

운정은 교주전을 나서기 전에 혈적현을 보더니 포권을 취했다.

"일이 빠르게 처리되면 즉시 복귀하여 전쟁을 돕겠습니다, 교주님."

혈적현은 고개를 한 번 끄덕이는 것으로 인사를 대신했다.

운정은 제운종을 펼쳐 교주전을 나섰고, 다시금 낙양의 북쪽으로 빠르게 날아갔다.

얼마나 지났을까, 그는 낙양 북쪽에 있는 이름 없는 산 정상에 올라갔다. 그리고 그곳에서도 가장 높이 솟아올라 있는 나무 끝에 섰다. 얇디얇은 나뭇가지 위에 아슬아슬하게 서 있었는데, 등 뒤에 아이시리스는 전혀 상황을 알지 못하고 오로지 책자에만 집중하고 있었다.

운정은 눈에 내력을 집중했다. 제3봉과 제2강 사이에 있는 그 지점을 노려보았다.

푸른 나무로 가득한 평범한 숲.

그곳엔 특별한 것이 아무것도 없었다.

특별한 것이 있었다면, 애초에 함정이 되지 않을 것이다.

운정은 그 주변을 주의 깊게 살펴보았다.

"저곳이 좋겠군."

그는 왼손을 들었다. 그러자 그곳에서부터 구름이 뭉게뭉게 나오더니 운정과 아이시리스를 모두 뒤덮었고, 곧 그들의 모습이 완전히 투명하게 변했다.

운정은 은형술을 사용한 채로 경공을 펼쳐 방금 봐 두었던 곳에 갔다. 그곳은 꽤나 높은 봉 위에 있는 동굴로, 사람은 두세 사람만 들어갈 수 있을 만큼 작았다.

운정은 그 속에 아이시리스를 내려주며 물었다.

"얼마나 남았느냐?"

아이시리스는 이미 거의 끝장에 가 있었다.

"마지막 하나만 이해하면 되요. 조금 어렵긴 한데, 몇 번 더 읽어 보면 금세 이해할 거예요. 지금 출발하셔도 돼요."

"괜찮겠느냐?"

아이시리스는 책자에 시선을 둔 채로 말없이 고개를 끄덕였다.

운정은 찜찜한 마음이 들었지만, 이내 그녀를 그곳에 두고 아래로 내려왔다.

그러곤 천천히 함정이 있는 그 지역으로 움직였다.

"······."

밤 아래 숲은 고요했다.

어찌나 소리가 없는지, 운정은 청력을 키우지도 않았는데 자신의 맥박 소리가 들리는 듯했다. 발소리 하나하나도 지진 처럼 들렸고, 호흡 하나하나도 태풍처럼 들렸다.

마치 숲에 있는 모든 생명체가 사라진 듯했다.

"아니, 사라진 것이지."

그는 선기를 최고조로 끌어 올렸다. 그러자 그의 옷과 머리카락이 흔들리며 신체에 선기가 충만해졌다.

[실프? 노움?]

그의 부름에 그의 단전에서 소리가 올라왔다.

[안녕하세요!]

[안녕하세요!]

운정은 손을 앞으로 뻗었다. 그러자 그의 등 뒤에 달려 있던 영령혈검이 그의 양손에 잡혔다.

[운디네? 살라만드라?]

그의 부름에 그의 영령혈검에서 소리가 올라왔다.

[안녕하세요!]

[안녕하세요!]

운정은 자신의 심장에 쌓여 있는 모든 마를 제거해 냄으로써 순수한 선공을 완성했다. 그 제거한 마가 모여들어서 만들어진 것이 다름 아닌 영령혈검으로, 영령혈검을 통해서는 바람과 땅뿐 아니라 불과 물의 기운까지도 다스린다.

때문에 그가 무당파의 무공을 펼치며 내뿜는 모든 바람은 불을 내포하고, 그가 흔드는 모든 땅은 물을 내포한다.

운정이 숨 쉬는 호흡 하나하나에 대기가 담겨 있었고, 그가 내딛는 한 걸음, 한 걸음에 만기가 담겨 있었다.

그런데 일순간 정신이 번쩍이는 기분을 느꼈다.

앞에서 무언가 빠르게 다가온다.

운정은 곧장 황홀경에 빠졌다.

찰나를 셀 수 있을 정도로 예민한 그 감각 속에서, 앞으로 다가오는 것을 바라보았다.

그것은 하나의 벽이었다.

세상 전체를 뒤덮을 듯 거대한 벽.

운정은 영령혈검을 앞으로 들고 그 벽에 저항하려 했다.

하지만 그 벽은 운정의 영령혈검에 닿지 않았다.

아니, 검뿐만 아니라 운정의 몸과도 닿지 않았다.

그저 운정을 지나쳤을 뿐이다.

운정은 황홀경에서 빠져나와 고개를 돌렸다.

자신을 지나쳐 버린 그 벽을 찾아보았다.

그 벽은 그를 지나서도 수십 장을 나아가더니, 이내 한 곳에서 멈췄다.

"벽이 아니야, 막(膜)이다."

운정은 그 느낌을 전에 경험한 일이 있었다.

바로 카이랄에서 중원으로 나왔을 때, 시르퀸은 통과하지 못했지만, 그와 우화는 아무런 제약이 없었던, 그때와 같은 느낌이었다.

운정을 밤하늘을 올려다보았다.

모든 광채가 사라져 있었고, 검은빛이 하늘을 은은하게 밝히고 있었다.

그리고 그 공간을 감싼 여러 막이 보였는데, 마치 거대한 정육면체를 이루고 있는 듯했다.

운정은 깨달았다.

그가 카이랄과 같은 특수한 공간 안으로 들어왔다는 것을.

그는 영령혈검을 다잡고 앞을 보았다.

저 멀리, 공간의 중심에서 한 남자가 위로 서서히 떠오르고 있었다.

자색상발과 함께 터질 듯한 근육을 지닌 그 남자는 전신에서 힘이 넘쳐흐르는 듯했다.

그는 주변을 훑어보다가 곧 운정과 눈이 마주쳤다.

"운정!"

"디아트렉스."

서로를 알아본 그 둘은 곧장 전투태세에 임했다.

순식간에 가속한 디아트렉스는 운정의 삼 장 앞에 착지했다.

쿵-!

주먹으로 땅을 짚으며 무릎을 꿇은 그는 서서히 몸을 일으켰다.

파츠츠! 파츠츠!

그의 보랏빛 머리카락에선 흑색 전류가 흘러나와 그의 전신에 있는 근육 위로 흘렀다. 그럴 때마다 근육이 자극을 받아 꿈틀거리는데, 마치 국소적인 경련을 일으키는 듯했다.

디아트렉스는 고개를 치켜든 채 거만한 눈길로 운정을 내려다보았다.

"내 영역에 잘 왔다, 운정 도사."

짙고 짙은 보랏빛 눈빛은 강력한 마기를 내포하고 있었다.

이를 바라보는 운정의 두 눈에도 연보랏빛이 떠오르기 시작했다.

하지만 디아트렉스의 것에 비해선 한참 옅었다.

운정이 말했다.

"우리는 싸울 필요가 없습니다."

디아트렉스는 끊임없이 꿈틀거리는 양팔을 들어 팔짱을 꼈다. 팔 근육들이 서로 비벼지면서 부풀었고, 이는 운정의 허리만큼 굵어졌다.

그는 으드득 목을 풀며 물었다.

"오호? 왜지?"

운정은 영령혈검을 잡은 손에 힘을 주더니 말했다.

"정채린을 납치한 이들 또한 당신을 역소환하려고 합니다. 그로 인해서 무당파의 정기를 얻으려고 하는 것이지요."

디아트렉스가 말했다.

"노향을 말하는 건가?"

"예."

디아트렉스의 웃음이 더욱 진해지며, 그 입가에서 마기가 흘러나왔다.

"그는 내가 죽였다."

"……."

운정은 그 말을 듣곤 상황을 정확하게 이해할 수 있었다.

지화추나 청룡궁이 노향과 손을 잡은 이유는 그의 암공으로 정채린과 소청아를 빼돌리기 위함이다.

그 후에는 노향의 이용 가치는 사라지며, 그에게 약속했던 무당파의 정기를 줘야 하는 일만 남게 된다.

그러면? 그를 제거하는 편이 이익이다.

지화추의 입장에선 심검마선이 못 오게 막을 수 있는 것뿐만 아니라 디아트렉스라는 대단한 아군 하나가 생기기까지 한다. 그러니 노향을 살려 둘 이유가 없으며, 그의 조건을 들어 줄 이유는 더더욱 없다.

운정이 말했다.

"전 심검마선을 되찾으려는 것뿐입니다, 디아트렉스. 당신이 살 수 있으면서 심검마선이 되돌아올 수 있는 길이 혹시 있다면, 저와 함께 그 길을 의논해 보는 것은 어떻습니까?"

디아트렉스는 고개를 저었다.

"그런 길은 단언컨대 없다, 운정 도사."

"……"

"자, 이 힘을 보아라."

디아트렉스는 팔짱을 낀 채로, 오른쪽 다리를 들었다. 그리고 그대로 옆으로 찼다.

운정의 눈으로도 좇기 힘든 속도로 뻗어진 그 다리에선 엄청난 충격파가 생성되었고, 이는 곧 빠르게 나아갔다.

쿠구구궁-!

수십 개의 통나무가 산산조각 난 뒤에야 충격파는 사라졌다.

운정은 자기도 모르게 말이 흘러나왔다.

"엄청난 위력이로군요."

디아트렉스는 마치 한 마리의 학처럼 그 다리를 앞으로 가져와서 무릎을 접고 한 다리로 섰다.

"모든 것에는 인과율이 있다, 운정 도사. 원인도 없이 갑자기 결과가 튀어나올 수는 없는 것이다. 하늘에서 비가 내리는 건 구름이 모였기 때문이고, 바다의 파도가 이는 것은 바람이 불었기 때문이다. 하물며 자연 현상에도 원인이 있는데, 이 가공하기 짝이 없는 힘에 원인이 없다면 그 자체로 모순이지 않겠느냐?"

"……."

"심검마선은 나라는 결과의 원인이다. 그가 없기에 내가 있는 것이고, 그가 있으려면 난 없어야 한다. 그 교환을 위해서 무당파의 정기가 쓰였다."

"……."

"하지만 그것은 도중에 끊겼지. 결국 나지오와 화산의 정기를 바쳐서 나는 완전해졌다. 그로 인해 내 존재의 완전성은 나지오와 화산의 정기에 종속되었다. 때문에 정채린이 화산으로 돌아가 화산의 정기로 회복하고 내가 나지오를 먹어 치운다면, 나는 완전히 이 땅 위에 존재하게 될 것이다."

"……."

"내가 태어난 배경이 그러하니, 이를 바꿀 순 없다. 나, 디아트렉스는 심검마선과 무당산의 정기로 만들어졌고 나지오와 화산의 정기로 완성된 마족이야. 그것이 곧 나, 디아트렉스의 정의이다."

"……."

"나와의 공존을 원하느냐, 운정 도사. 그렇다면 나지오를 내놓고 화산의 정기를 내놓아라. 또한 정채린을 죽여 그녀와의 계약에서 날 자유롭게 풀어라. 그때야 비로소 나와 싸우지 않아도 될 것이다."

"……."

"나는 나의 생존을 위해 나아갈 것이고, 이는 모든 생명체가 가진 마땅한 권리다."

운정이 영령혈검을 내렸다.

그 모습에 디아트렉스의 눈썹이 꿈틀거렸는데, 운정이 나지막하게 물었다.

"언어가 많이 느신 것 같으니 전에 물었던 것을 또 한 번 묻고자 합니다."

"뭐지?"

"전에 당신은 당신의 목적이 생존하고 번성하는 거라 하셨는데, 이를 구체적으로 설명해 주십시오. 그 안에서 공존의 방법을 찾을 수 있을 겁니다."

디아트렉스는 웃으며 고개를 저었다.

"그럴 수 없을 거다, 아마."

"왜 그렇습니까?"

그는 고개를 들었다. 그리고 손가락을 뻗었다. 그러자 그가 가리킨 하늘에서 전에 없었던 별들이 밝게 빛나기 시작했다.

"우리 마족은 순수한 마나로 이뤄진 지성체다. 그 순수한 마나에서 태어나 그것으로 구성된 육신을 가진다. 때문에 우리가 번성하면 그 별의 마나는 사라지고 말지. 그러면 우린 다른 별로 옮겨간다. 그리고 그곳에서 또다시 번성하지."

"……"

"이 별도 마찬가지다. 우리 마족으로 인해 마나가 고갈되었다. 사라졌고 없어졌지. 그리고 미처 별에서 떠나지 못한 마족들도 함께 멸망했다. 그런데 천 년 전, 누군가가 결계를 만들었어. 이 중원 위에 말이다. 때문에 이곳의 마나는 마족의 손에 닿지 않을 수 있었다. 지금까지도 지켜질 수 있었지."

"……"

"하지만 천 년은 오랜 세월이지. 결국 경계는 무너졌고 중원의 마나도 파인랜드처럼 사라질 것이다. 파인랜드의 인간들이 마나스톤에 남아 있는 마나를 겨우 짜내서 마법을 쓰는 것처럼, 중원의 인간들도 마나스톤과 유사한 것을 들고 겨우 내력을 짜내 무공을 펼치게 될 것이다."

"……."

"그리고 그도 결국 완전히 고갈되겠지. 결국 이 별에는 모든 마나가 사라질 것이다. 그렇게 되면 무공도 술법도 요괴도, 또 그러한 모든 것이, 드래곤과 몬스터, 데빌과 엘프처럼 점차 희미해질 것이고 더 이상 교류할 수 없게 될 것이다. 오로지 인간의 머릿속 잔상으로만 남게 될 것이다."

"……."

"운정 도사, 이는 거스를 수 없는 흐름이다. 여기서 네가 날 막는다 하여 멈출 수 있는 것이 아니다. 이 흐름 앞에, 공존의 방도를 찾을 수 있겠나? 전에 나에게 말했던 것처럼, 여전히 모든 지성체 간의 공존을 모색할 수 있겠나?"

운정은 눈을 감았다.

그리고 고개를 숙였다.

그가 말했다.

"방도를 찾아낼 것입니다."

디아트렉스는 고개를 저었다.

"인간들 간의 공존이라면 얼마든지 방도를 모색할 수 있겠지. 하지만 천성적으로 분쟁을 타고났으며, 이로 인해 삶을 영위하는 생명체는 어찌할 거지? 그것이 삶의 목적인 지성체는 어찌할 거지? 그렇게 살아가기로 작정하고 개화되지 않으려는 생명은? 어찌할 것인가, 운정 도사?"

"……."

"검을 들어라. 그리고 나와 같은 것을 배제해. 그것이 네가 정한 삶의 목적이 아닌가? 너 혼자 다른 척하지 말라는 말이다."

"……."

"너 또한 하나의 인간일 뿐이다. 이 시끌벅적한 진흙탕 안에서 허우적거리고 있는 건 똑같아. 남들보다 좀 더 크게 허우적거릴 뿐 진흙탕을 벗어나지는 못하지. 그러니 이제 벗어난 척은 그만하고 검을 들어라."

인정하지 않을 수 없다.

가슴을 찌르는 그 말에 운정은 눈을 질끈 감았다.

깊게 심호흡을 하곤 다시 떴다.

디아트렉스를 바라보는 그의 눈빛은 고요하기 짝이 없었다.

"알겠습니다. 선공하십시오."

운정의 말에 디아트렉스는 이빨이 보이도록 웃었다.

쿵-!

그가 왼발을 뒤로 뻗고, 땅을 밀자 전신의 근육이 팽팽하게 당겨졌다. 그의 발 사이의 땅이 쩌억 갈라지면서 그 속을 드러냈다.

그리고 어느 순간 그의 보랏빛 머리카락에서 강렬한 검은 번개가 흘러나와, 그의 전신을 강타했다. 그러자 그의 전신이 경련을 일으키며 강하게 수축했고, 이에 그의 육중한 육신이 활시위를 떠난 화살처럼 운정을 향해 날아들었다.

그 짧은 시간 동안 뒤로 뻗었던 다리는 어느새 하늘 높이 치켜들어져 있었다.

운정은 영령혈검을 들어 위를 보호했고, 강력한 힘을 내포한 디아트렉스의 발꿈치가 그대로 운정의 머리를 향해 떨어졌다.

캉-!

철과 육신이 부딪쳤다고는 믿을 수 없는 충격음이 울렸다.

디아트렉스의 발은 영령혈검에 의해서 궤도가 틀어져 운정의 어깨를 아슬아슬하게 지나갔다.

대신 영령혈검은 그 중간에서부터 직각으로 꺾여 버렸다.

디아트랙스는 학처럼 다리를 접더니, 몸을 뒤로 틀면서 뒷발 차기를 하며 운정의 안면은 노렸다.

운정은 왼손으로 들고 있던 영령혈검을 얼굴 앞으로 가져왔다.

쾅-!

폭렬음과 함께 운정의 몸이 뒤로 쭉 밀렸다. 그가 왼손에 들고 있던 영령혈검 또한 중간부터 아무렇게나 꺾여 버렸다.

쿵.

큰 나무에 등을 댄 운정은 바람의 힘을 이용해 겨우 섰다. 그리고 고개를 들고 앞을 보았다.

쿵, 쿵, 쿵.

앞에선 넓은 반월을 그리며 다가오는 디아트렉스가 있었다. 그 걸음마다 모두 강력한 힘이 담겨 있어 바닥이 푹푹 꺼졌다.

그는 마치 공전하는 달처럼 중심을 향해 뒤를 보이는 상태로 돌았는데, 이는 그가 반월을 그리는 것과 동일한 만큼 몸을 틀었기 때문이다.

그가 운정 앞에 도착했을 때는, 옆구리에 왼손 주먹을 준비하고 있었다.

부-웅!

강력한 주먹이 운정의 코앞을 지나갔다. 무의식적으로 뒤로 현천보를 밟지 않았다면, 그의 머리는 흔적도 남기지 않고 사라졌을 것이다.

공중에 뻗어진 주먹은 강력한 파동을 일으켰고, 그것이 뻗어진 방향으로 나무들이 쓰러지기 시작했다.

스윽-!

난생처음 느껴 보는 묘한 느낌에 디아트렉스가 눈살을 찌푸렸다. 그리고 아래를 바라보았다.

그곳에는 그의 복부를 뚫고 있는 영령혈검이 있었다.

피슉-!

보랏빛 피가 밖으로 뿜어지면서 앞쪽으로 쏟아졌다.

"크흑."

디아트렉스는 고통에 신음하며 앞을 보았다.

그곳엔 아무도 없었다.

팍-!

강기를 머금은 오른손 손날이 디아트렉스의 뒷목을 내려쳤다. 그 목이 완전히 뒤로 꺾이면서, 보랏빛 머리카락이 위로 떴다. 정신을 차릴 수 없었던 디아트렉스는 앞으로 허우적거렸다.

운정은 오른손을 옆으로 뻗었고, 이에 디아트렉스의 복부에 박혀 있던 영령혈검이 절로 뽑혀 그의 오른손에 잡혔다.

그것은 어느새 곧게 펴져 있었다.

운정은 손에 붙잡은 강기를 영령혈검까지 늘려서 디아트렉스를 향해 횡으로 휘둘렀다.

촤악-!

본능적으로 몸을 움직인 디아트렉스는 다행히 두 동강 나는 것은 면했다. 대신 그의 왼팔이 어깨에서부터 떨어져 나가야만 했다.

운정은 영령혈검을 어깨 위로 들어 올렸다. 그리고 강기를 머금은 그대로 디아트렉스의 허리를 베었다.

디아트렉스는 남은 오른손으로 운정의 영령혈검을 막으려 했다. 하지만 영령혈검은 그대로 디아트렉스의 육신을 파고들어, 새끼손가락 뿌리부터 엄지 뿌리까지 잘라 버렸다.

디아트렉스는 이를 악물더니, 그와 거리를 벌리려 했다.

이에 운정은 강기를 거두고 다리로 내력을 전부 돌려 그를 따라갔다.

아니, 따라가려 했다.

찌이잉-!

언젠가 들어 본 소리.

운정이 눈길을 들어 한쪽 봉우리를 보니 태양만큼 강렬한 빛이 점차 모이기 시작했다.

운정은 나지막하게 중얼거렸다.

"광선포(光線砲)."

그 순간 강렬한 빛줄기가 운정에게 쏟아졌다.

第一百五章

눈을 멀게 만들 강렬한 빛 속에 내포된 열은 흙을 태웠고, 돌을 녹였다.

그 중앙에 있던 운정은 눈을 가리며, 현천보를 펼쳐 큰 나무 뒤로 숨었다.

빛은 그대로 그를 따라왔고, 곧 나무 위로 쏟아졌다.

치치칙-!

나무가 타들어 가며 검은 연기를 내었다. 그 뒤에 선 운정은 내력을 다스려 드래곤본 클록을 피부에 밀착시켰다. 이리저리 살펴보니, 끝자락이 조금씩 타들어 가고 있었다.

내력을 사용하면 빛와 열에 어느 정도 버틸 수 있다. 하지만 내력을 일절 받지 않는 드래곤본 클룩을 보호할 길은 없다.

나리튬 클룩을 만들 수 있는 타노스 자작도 없고, 드래곤본 클룩을 만들 수 있는 드래곤본도 더 없다. 만약 광선포로 인해 드래곤본 클룩이 망가져 버리면, 운정은 마법에 대한 방어 수단을 완전히 잃어버리게 된다.

그 생각이 끝날 무렵, 운정의 앞에 주먹 하나가 보였다.

퍽-!

다리를 접어 바닥으로 몸을 끌어당긴 운정의 머리 뒤로, 그의 머리만 한 크기의 주먹 하나가 나무를 때렸다. 그 부위에 직접 맞은 부분은 먼지가 되어 사라졌고, 둥그런 구멍을 내었다.

주먹이 퍼졌고, 손날이 되었다.

손날이 흐릿해지더니 곧 그대로 운정의 정수리를 향해 추락했다.

캉-!

손날과 영령혈검이 부딪쳤다. 다행히 손날은 막았으나, 충격으로 영령혈검이 기이한 각도로 꺾이고 말았다.

디아트렉스는 이어 왼발을 낮게 찼다.

운정은 다른 영령혈검으로 그의 오른쪽을 보호했다.

쿵-!

방어하여 직접적인 피해는 입지 않았지만, 운동량을 그대로 받은 운정의 몸이 옆으로 쭉 날아갔다.

그리고 그의 몸은 곧장 빛의 세례를 받았다.

치이익-!

드래곤본 클록이 조금씩 타들어 가는 것을 느낀 운정은 제 운종을 펼쳐 그대로 앞으로 달려 나갔다.

처음에는 점차 가속하는 속도 때문인지 빛의 기둥이 그를 따라잡지 못했다. 하지만 곧 최고 속도에 도달해 일정해지자, 그 속도에 적응한 빛의 기둥이 그의 뒤를 금세 따라왔다. 운정은 달리는 입장이지만, 빛의 기둥은 각도만 살짝 틀면 그만이니 어찌 보면 당연했다.

그 빛의 기둥이 운정에게 닿을 때쯤, 운정은 그 자리에 우두커니 섰다. 그러자 빛이 쏟아지며 화끈거리는 느낌이 찰나에 지나가고, 그의 앞으로 계속해서 쭉 나아가는 것이 보였다. 운정이 갑자기 멈춰 설 줄 모르고 그의 움직임을 따라간 것이다.

이것이 시사하는 바는 컸다.

"사람이 직접 움직인다?"

운정은 그를 벗어난 빛의 기둥을 보며 그것이 쏟아져 내려오는 위치를 파악했다.

그리고 다시금 제운종을 펼쳤다.

아니, 펼치려 했다.

"어딜!"

운정의 머리 앞쪽을 향해 내지른 발에는 검은 전류가 흐르고 있었다. 운정이 앞으로 나아가려는 것을 예상한 공격이었다.

운정은 이를 막아 내며 제운종을 펼치려다, 그 발에서 느껴지는 기운 때문에 생각을 접었다. 디아트렉스의 모든 힘이 집중된 그것은 강기로도 도저히 방어할 만한 것이 아니었기 때문이다.

쉭-!

운정의 코앞으로 뻗어진 발이 우두커니 섰다. 그 뒤꿈치에서 검은 전류가 지지직거렸다.

디아트렉스는 무릎을 접어 운정의 머리를 향해 발뒤꿈치를 가져갔다. 운정은 왼손을 곱게 펴서 그 발을 위로 올려 쳤다.

그 충격으로 인해서 디아트렉스의 몸 전체가 위로 살짝 들렸다. 그리고 그로 인해 그의 발꿈치는 운정의 얼굴을 맞히지 못하고 위로 아슬아슬하게 지나갔다.

디아트렉스의 얼굴이 묘하게 변했다.

왼손에 있어야 할 영령혈검은 어디 있는가?

그때, 오른쪽 허벅지에서 강렬한 고통이 느껴졌다. 그가 고개를 숙여 아래를 보니, 영령혈검 한 자루가 그의 허벅지를 관통하고 땅까지 박혀 있었다.

곧게 뻗은 검신은 마치 단 한 번도 꺾인 적이 없는 듯했다.

그때, 운정이 몸을 반 바퀴 빙글 돌았다.

그가 오른손으로 들고 있었던 영령혈검은 마치 세상에서 증발한 듯 사라졌다.

피슉-!

디아트렉스의 허리가 잘리며 반 토막이 났다. 사람이라면 온갖 장기들이 쏟아졌겠지만, 그의 몸에선 오로지 보랏빛을 은은하게 내는 검은 물만이 쏟아져 내렸다.

"크아아악!"

비명을 지르는 디아트렉스의 멱살을 그대로 왼손으로 잡은 운정은, 그의 상체를 방패로 삼았다.

그때쯤 빛이 그에게로 떨어졌다.

치이익-!

허리가 잘리는 것도 모자라서 등 뒤가 타들어 가는 고통에 디아트렉스는 마구 몸부림쳤다. 하지만 운정은 전혀 아랑곳하지 않고 그의 잡은 손에 힘을 주고는 그를 절대로 놔주지 않았다.

그리고 그대로 광선포를 향해 제운종을 펼쳤다.

디아트렉스는 곧 이성을 되찾았다. 심검마선이 기반이 된 그의 마음은 고통에 쉽게 적응한 것이다. 그는 양손을 높게 들어 깍지를 쥐고는, 운정의 왼팔을 향해서 내려쳤다.

부-웅!

운정은 그것에 맞춰서 왼팔을 확 뺐다. 그리고 디아트렉스의 손이 아래로 내려가자 다시 왼팔을 뻗어서 디아트렉스의 목을 틀어쥐었다.

"크헉."

디아트렉스는 이번엔 양손을 벌려 운정의 왼손을 잡으려 했다. 하지만 운정이 빨랐다.

스릌, 스릌.

두어 번의 휘둘림으로 디아트렉스의 양팔이 그 팔꿈치에서 툭툭 떨어져 나갔다.

운정은 디아트렉스를 슬쩍 흘겨보았다. 그는 모든 수단을 잃었지만, 기이하게도 웃고 있었다.

그때, 바로 오른쪽 옆에서 발소리가 들렸다.

탁.

오른쪽에서 가공할 기운이 모이는 것을 느낀 운정은 본능적으로 영령혈검을 휘둘렀다. 하지만 검에 걸리는 것은 아무것도 없었다.

그가 눈길을 돌려 보니, 그곳엔 아무것도 없었다.

아니, 아래에 뭔가 있다.

픽-!

턱을 직격으로 맞은 운정은 디아트렉스와 영령혈검을 모두 놓쳐 버렸다. 그리고 한쪽으로 쭉 날아가서 나무 하나에 그대로 처박혔다.

애석하게도 빛의 기둥은 그대로 그를 따라왔다.

치이익.

흐릿한 시야 가운데, 운정은 가까스로 정신을 차려 몸을 움직여서 빛을 등지고 섰다. 드래곤본 클록은 이제 곳곳이 검게 그을려 있었다.

운정은 눈을 살짝 감았다. 그리고 두 엘리멘탈에게 부탁했다.

[힘을! 힘을 내어 줘!]

그 순간, 그의 단전으로부터 폭발적인 선기가 다시금 뿜어졌고, 이에 운정은 완전히 정신을 되찾을 수 있었다.

그가 고개를 돌려 아까 전, 턱을 공격당했던 지역을 보았다.

그곳에는 디아트렉스의 분리된 상체와 하체가 막 결합하고 있었다. 그는 흉흉한 보랏빛의 눈빛으로 운정을 노려보고 있었다.

운정은 오른손을 앞으로 뻗었다.

탁.

날아온 영령혈검을 붙잡은 운정은 그 안에 강기를 담아 디아트렉스를 향해서 쏘았다.

하나의 바람이 되어 버린 유풍검강. 그것은 아직 완전히 합쳐지지 않은 디아트렉스의 허리 부위를 향해 빠르게 날아가 다시금 자르려 했다.

하지만 디아트렉스는 비웃음을 짓더니 앞으로 손을 뻗었다.

턱.

유풍검강은 그대로 그의 손에 잡혔다.

디아트렉스는 턱을 벌렸다. 입가가 귀까지 찢어질 정도로 크게 벌렸다. 그리고 유풍검강을 그대로 씹어 먹었다.

"와그작, 와그작, 와와, 쩝쩝, 흐음, 과연 맛이 좋군! 최고야!"

그의 허리가 일순간 붙어 버렸다.

처음과 동일한, 아니, 더욱 강해진 모습이 된 디아트렉스는 다시금 왼다리를 뒤로 뻗었고, 고개를 크게 끄덕였다. 그러자 그 울림에 의해 크게 흔들린 그의 보랏빛 머리카락에서 검은 전류가 빠지직 흘러나와 그의 두 허벅지로 스며들었다.

이에 대퇴부가 거의 세 배로 부풀어 올랐고, 곧 그 엄청난 폭발력은 그의 두 다리를 통해 땅으로 전달되었다.

쾅-!

땅이 찢어지는 대가로 인해 빛만큼 빠르게 날아온 디아트 렉스는 팔다리를 대자로 벌렸다. 완전히 무방비 상태였으나, 그것은 인간의 경우나 그런 것이고, 그에게는 사지가 잘리는 것은 아무런 문제가 되지 않았다.

그는 입까지 크게 벌려서, 사지와 머리 어디에 운정이 걸린 다 할지라도, 그를 붙잡고 놔주지 않을 생각인 듯싶었다.

운정은 빠르게 검기를 담아 앞으로 쏘았다. 투명한 유풍검 기는 곧 디아트렉스를 향해 날아갔지만, 디아트렉스는 오른손 을 뻗어 그 유풍검기를 붙잡았다.

"안 보인다고 못 잡을……."

디아트렉스는 더 이상 말을 못 했다.

검기를 붙잡느라 앞으로 뻗었던 오른손 쪽으로, 운정의 몸 이 휙 하니 지나갔기 때문이다. 오체 중 비어 있던 곳이 그곳 뿐이었으니, 이는 어찌 보면 당연했다.

운정은 역수로 잡은 영령혈검에 검기를 불어넣어, 디아트렉 스가 날아가는 방향을 향해 뒤로 유풍검기를 쏘았다. 검기들 은 디아트렉스보다 먼저 날아가 그곳을 난장판으로 만들어놨 다.

돌과 나무와 흙의 잔재 사이로, 디아트렉스가 꼴사납게 부 딪쳤다. 그 위로 돌과 나무와 흙이 그를 뒤덮으며 완전히 매 장됐다.

빛의 기둥은 다시금 운정을 따라갔는데, 운정은 한 공터에 우두커니 선 채로 그 빛의 기둥이 오기를 기다리고 있었다.

그는 영령혈검을 앞으로 쭉 뻗은 채로 있었는데, 빛의 기둥이 그를 덮자마자, 영령혈검을 짧게 앞을 베었다. 그와 동시에 강기를 그 안에 담아 냈다.

그러자 반월 모양의 유풍검강이 영령혈검에서부터 출발하여 빛의 기둥을 쭉 올라갔다. 마치 강을 거슬러 헤엄치는 연어처럼 광선포의 빛이 그 검강에 의해 두 갈래로 갈라졌다.

그때, 광선포 쪽에서 누군가 마법을 시전했다.

"[노매직]!"

빛의 기둥을 가르던 유풍검강은 순식간에 사라졌고, 빛은 다시 하나가 되었다.

그때, 그 중간쯤에서 운정이 튀어나왔다.

운정은 눈을 감고 양팔을 벌렸다.

형용할 수 없는 선기가 그의 몸에서 일렁이며 그를 감싸 안았다.

그는 빛 위에 착지했다.

순간 세상의 모든 것이 멈춘 듯했다.

그 위엄 앞에 바람조차 굳어 버렸다.

빛 밖으로 나오니, 빛에 가려져 있던 두 사람이 보였다.

광선포를 든 남자 한 명과 지팡이를 든 남자 한 명.

용과 마법사일 것이다.

그 용은 광선포의 각도를 위로 올려 운정을 맞히려고 안간힘을 쓰고 있었다. 실제로 그 힘에 의해 빛이 위로 계속해서 들리려 했다.

하지만 운정은 발끝에 건기를 담아 그 빛이 올라오려는 만큼 눌렀다. 때문에 빛의 기둥은 조금씩 들썩거릴 뿐, 제자리에서 벗어나지 못했다.

운정은 고개를 돌렸다.

디아트렉스가 막 흙먼지 속에서 나오려는 듯했다.

그는 몸을 살짝 낮췄다가, 왼쪽 다리를 들곤 몸을 공중에서 한 바퀴 돌아 빛의 기둥을 옆으로 찼다. 이에 광선포를 들고 있던 용이 허우적거리면서, 빛의 기둥이 흔들렸는데, 그것의 끝이 디아트렉스를 향했다.

"크악! 크아아악!"

디아트렉스는 그 자리에 주저앉고는 조금도 움직이지 못했다. 단순히 열에 의한 고통에 의해서 그런 것이 아니라 상당한 공포에 질려서 떠는 듯했다.

"빛을 두려워하나. 아, 그림자……."

의외의 수확에 운정은 양손을 펼쳤다. 그러자 영령혈검이 미끄러지듯 그의 손을 빠져나왔다. 그리고 스스로 부유하여 빛의 기둥 아래로 가, 그것을 꽉 쪼였다.

영령혈검 두 자루와 그 위에 선 발. 이러한 삼각 형태로, 운정은 빛의 기둥을 완전히 붙들었다. 광선포를 조정하던 용이 얼굴이 시뻘게질 때까지 힘을 쓰는데도, 빛의 기둥은 조금 들썩거리기만 할 뿐, 디아트렉스에게서 벗어나지 못했다.

용은 마법사에게 뭐라고 소리를 질렀다. 마법사는 손사례를 치며 몇 차례 항변했으나, 용은 더욱 큰 소리를 쳤다. 그러니 마법사는 하는 수 없다는 운정을 향해서 지팡이를 뻗으며 마법을 펼쳤다.

당연하지만 모든 마법은 드래곤본 클록에 의해서 막혔다.

마법사는 고개를 흔들며 용을 보았고, 용은 결국 화를 내더니 이를 바득 갈았다.

운정은 이기어검으로 영령혈검을 꽉 붙든 채 그 용에게 전음을 보냈다.

[광선포를 끄지 않으시면, 디아트렉스가 죽을 수도 있습니다.]

그 말을 들은 용의 표정은 더욱더 분노로 일그러졌다.

그가 광선포를 조작하니, 광선포는 전보다 더 강렬한 빛을 내기 시작했다.

"으아악! 으아악!"

디아트렉스는 이제 아예 비명에 가까운 소리를 내질렀다.

용은 디아트렉스가 어떻게 되든 별 상관이 없는 듯했다.

용에게는 디아트렉스가 그리 필요하지 않은 것이다.

하지만 그 용의 옆에 있는 마법사의 표정은 초조했다.

마법사의 눈빛은 운정보다도 디아트렉스를 향해 있었다.

이에 운정은 깨달았다.

지화추가 정채린을 납치한 이유는 무당산의 정기를 원하기 때문이 아니다. 단지 피월려가 올 수 없도록 방해하기 위함이다. 오히려 조부인 지자추를 위해서 소청아를 납치하는 것이 그에겐 더 중요한 일이었는지 모른다.

그러나 제갈극의 마법으로 보호받고 있는 실험실을 뚫어 내기 위해선 마법사의 도움이 필요하다. 그리고 그 마법사들이 위험을 감수하며 도움을 주었다면, 그만한 대가가 있었기 때문일 것이다.

그리고 그것은 디아트렉스 그 자체이거나, 아니면 무당산의 정기일 수 있다. 둘 중 무엇이 됐든, 마법사들은 가공할 양의 마나를 얻게 된다.

때문에 노향을 죽였을 수도 있다. 노향에겐 약속한 것을 줄 수 없으니까.

청룡궁과 마법사들의 관계를 잘 생각해 보면 그들이 한편 이라고 바라보기 어렵다. 당장은 협력하는 사이이지만, 청룡 은 결국 마법사들을 처리할 것이다.

청룡의 목적은 황룡의 뜻에 따르는 것이고, 황룡의 뜻이란 곧 차원의 벽을 견고히 하여 중원의 기운을 지키는 것이다.

무공은 대자연의 기운을 내부로 모았다가 분출하기에 그 자체를 소모하지는 않지만, 마법은 다르다. 마법은 마나를 사용해서 하나의 사건을 인위적으로 일으키기에, 그 대가로 마나가 그대로 사라진다.

그러니 청룡은 그러한 마법사나 마법을 중원에 그냥 둘 리 없다. 천마신교 내부에 있는 황룡의 봉인을 풀고 차원의 경계를 견고히 하고 나면, 그 이후에는 마법사들을 쓸어 버릴 것이다. 청룡의 말도 이를 뒷받침한다.

이것만 놓고 보아도, 중원으로 넘어온 네크로멘시 학파 및 어둠의 마법사들과 청룡궁은 매우 한시적인 동맹 관계라고 봐야 한다. 특히 고바넨이 곤륜산에 자리를 잡고 세력을 꾸리고 있으니, 지금과 같은 관계가 유지될 리 없다.

생각을 마친 운정은 광선포 쪽에 서 있는 용, 그리고 마법사가 서로 다른 입장임을 확신했다.

운정은 마법사를 향해서 전음했다.

[이대로 가다간 그림자에 근본을 둔 디아트렉스에게 무슨 일이 일어나질 모릅니다. 그가 사라지길 원하시지 않는다면, 어떻게든 시간을 벌어 주십시오. 그러면 전 당신의 머리카락 하나 건들지 않겠습니다.]

초조했던 마법사의 눈빛이 더더욱 크게 진동하기 시작했다.

그는 몇 번이고 옆에 있는 용과 운정을 번갈아 보았다.

"으악! 으아악!"

디아트렉스의 비명이 또 한 번 산과 숲으로 퍼져 나갔다.

이에 마법사는 결심했는지, 지팡이를 잡은 손을 위로 뻗으며 주문을 외웠다.

"다크니스(Darkness)!"

그 마법이 시전되자, 빛기둥에서 쏟아지던 빛이 대번에 사라졌다.

그뿐 아니라, 그 공간 안에 존재하는 모든 빛이 사라져 버렸다.

운정은 그대로 능공허도를 펼쳐 순식간에 용의 앞에 당도했다.

용은 그때까지도 영문을 모르고 주변을 두리번거렸다.

그때, 다크니스의 효과가 끝나, 모든 빛이 되돌아왔다.

"아, 아니!"

용이 운정을 발견했을 땐 이미 영령혈검 두 자루가 용의 두 허벅지를 파고들고 있었다. 단단하기 짝이 없는 용의 신체에 파고든 영령혈검은 그대로 허벅지를 뚫고 뒤에 있는 땅에 박혔다.

운정이 광선포 위에 안착하고는 용을 내려다보며 말했다.

"광선을 거두십시오. 아니라면 팔을 벨 것입니다."

담담한 표정에 담담한 목소리.

용은 운정에 대해서 알고 있었기 때문인지, 순순히 광선포를 껐다.

윙-윙-윙.

광선포는 점차 작아지는 소리를 냈고, 빛은 사그라들었다.

그것은 전에 조령령의 숙부가 가지고 있었던 것보다 두 배 이상은 거대했다.

그 크기도 크기지만, 그 안으로 엿보이는 기술도 수십 배는 복잡한 듯싶었다.

위력에선 비슷했지만 지속력에선 압도적으로 길었으니, 훨씬 진보한 것이 틀림없었다.

운정은 자리에서 일어나며 둘을 내려다보곤 말했다.

"두 분 다 천마신교로 이송하여 심문하……."

운정은 말을 끝낼 수 없었다.

뒤쪽에서 가공할 기운이 느껴졌기 때문이다.

그가 뒤를 돌아보니, 산봉우리에 서 있던 그보다도 더 높게 공중으로 도약한 디아트렉스가 오른손을 불끈 쥐고 운정을 향해 날아오고 있었다.

운정은 영령혈검을 양손에 붙들고 그와의 충격에 대비했다.

쾅-!

디아트렉스의 주먹이 운정의 영령혈검을 살짝 비껴가더니, 그의 아래 있던 광선포와 충돌했다. 이에 광선포는 원래 형태를 짐작도 할 수 없을 만큼 부서져 버렸다.

디아트렉스는 분노에 점절된 소리를 냈다.

"네놈! 감히!"

그의 외침은 운정이 아닌 용을 향해 있었다.

운정은 영령혈검을 휘둘러 디아트렉스의 몸통을 공격했다.

디아트렉스는 이에 아랑곳하지 않고, 몸을 틀어 용을 향해 달려가려 했다.

서격-!

디아트렉스의 허리가 잘리며 상체가 뒤로 꼬꾸라졌다. 하지만 하체는 오히려 거기에 반동을 받아 더욱 빠르게 달려가더니, 결국 용의 얼굴을 향해 강력한 발 차기를 시도했다.

용은 양손을 교차시켜 얼굴에 떨어지는 디아트렉스의 발 차기를 막았다.

콰득-!

용의 두 팔이 안쪽으로 부러졌고, 그의 얼굴조차 발 모양으로 폭삭 주저앉았다. 디아트렉스의 발은 용아지체의 강한 살과 뼈조차 부드러운 만두처럼 짓이겨 버렸다.

쿵-!

바닥에 떨어진 용의 뒷머리로 뇌수와 피가 뿜어져 나왔다.

그대로 절명한 것이 분명했다.

그때쯤 그의 상체가 두 팔로 땅을 짚으면서 반동을 받더니, 운정을 향해서 그 몸을 던졌다.

운정은 허리춤에서 달려드는 그 상체를 보고 현천보로 뒤로 빠졌다. 디아트렉스는 귀까지 찢어지도록 입을 벌리고 운정을 씹어 먹을 듯 날아왔다. 생각을 바꾼 운정은 왼손에 든 영령혈검을 놓고 양손으로 다른 영령혈검을 잡은 뒤에, 디아트렉스의 입을 향해서 크게 휘둘렀다.

캉-!

디아트렉스의 치아는 파공음을 낼 정도로 빠른 운정의 영령혈검을 잡아내는 데 성공했다. 이후 그의 혀가 뱀같이 움직여 영령혈검을 휘감았다.

디아트렉스의 두 눈이 길게 찢어지며 웃음을 그렸다.

아득!

디아트렉스 강력한 치악력은 운정의 영령혈검을 깨트렸다. 균열의 중심에 있던 미스릴 조각들은 사방으로 퍼져 나갔다.

그때, 왼손으로 흘렸던 영령혈검이 공중에서 떨어져 디아트렉스의 턱을 통과, 바닥에 그대로 박혔다.

"으악! 카하악!"

바닥에 고정된 디아트렉스는 마구 몸부림쳤다. 하지만 그의 코에서부터 턱까지 꿰뚫은 영령혈검은 조금도 움직이지 않았다.

운정이 오른손을 옆으로 뻗자, 사방으로 퍼졌던 미스릴 조각들이 다시금 모여들어 영령혈검을 이루었다.

"미스릴 조각을 모으는 건, 깨달음을 얻은 이후 처음 했던 것입니다."

운정은 그 영령혈검을 그대로 디아트렉스의 미간에 꽂아 넣었다.

이에 디아트렉스의 두 눈이 위로 휙 올라갔다. 마치 기절한 듯했다.

운정이 안도의 한숨을 내쉬는데, 한쪽에서 비명이 울렸다.

"크학."

그곳엔 허리가 찢긴 마법사가 있었다. 그 마법사는 그 즉시 절명했다.

마법사의 몸이 바닥에 떨어지자, 그 뒤로 한쪽 무릎을 접고 있는 디아트렉스의 하체가 있었다.

하체는 운정을 발견이라도 한 듯 갑자기 빠르게 달려오기 시작했다. 운정은 오른손을 뒤로 살짝 접었다가 앞으로 뻗으며 장풍을 쏘았다.

부웅-!

엄청난 바람이 쏟아지며 디아트렉스의 하체를 뒤로 물렸다. 디아트렉스의 하체는 발등에 핏줄이 튀어나오도록 발가락에

힘을 주고 앞으로 계속해서 나아갔다.

그때, 운정의 손바닥에 자그마한 불씨가 일어났다.

화륵.

그 불씨는 바람을 타고 폭발하듯 타올라 순식간에 디아트렉스의 하체를 모두 삼켜 버렸다.

그 불 속에서 하체는 점차 힘을 잃어버리며 바닥에 쓰러졌다.

운정은 오른손을 뻗었다.

그러자 디아트렉스의 미간을 꿰뚫고 있던 영령혈검이 뽑혀 그의 오른손에 잡혔다. 그는 그것으로 디아트렉스의 상체에 붙어 있는 두 팔을 잘라 버렸다. 그리고 하체를 향해 던져 그 중심을 뚫어 내며 바닥에 꽂았다.

그러자 뒤로 돌아갔던 디아트렉스의 두 눈이 앞으로 되돌아왔다.

그는 운정을 지그시 노려보았지만, 아무 일도 일어나지 않았다.

드디어 끝이 났다는 걸 느낀 운정은 참아왔던 모든 숨을 내쉬면서 그 자리에 주저앉았다.

"후우, 후우, 후우, 후우."

능공허도에 이기어검에 수시로 강기를 내뿜는 등.

그 모든 것을 순수한 선기로 하니, 바다와도 같은 단전조차 그 바닥을 드러낼 지경이었다.

운정은 지친 기색으로 고개를 돌려, 처참한 꼴을 하고 있는 디아트렉스에게 말했다.

"광선포도 없습니다. 마법사도 용도 없습니다. 끝입니다."

디아트렉스는 씩 웃더니 말했다.

"그래서? 나를 어떻게 죽일 것이지? 언제까지 이렇게 날 묶어둘 수 있으리라 생각하는가, 운정 도사?"

운정이 말했다.

"당신이 이 속박에서 벗어날 수 있었다면 진작 그렇게 했을 겁니다. 지금 못 하신다면 앞으로도 못하시겠지요."

"그렇지 않아, 운정 도사. 싸움이 길어진 덕분에 나는 나에 대해서 많은 것을 배웠다. 상체와 하체를 따로 움직일 수 있다면, 떨어져 나간 오른팔과 왼팔도 움직일 수 있겠지. 그러면 난 또다시 웃으며 네게 주먹을 날릴 것이다."

그의 머리카락에서 검은 전류가 뿜어져 나오더니, 잘려 나간 오른팔과 왼팔에 떨어졌다. 그러자 그 두 팔이 부르르 떨리면서 손가락들이 마구 움직이는 반응을 보였다.

"……."

그 괴기스럽게 짝이 없는 광경에 운정은 아무 말도 할 수 없었다.

디아트렉스가 말을 이었다.

"우리 일족이 불사인 건 알았지만, 이 정도일 줄이야. 재밌지 않아? 나도 매우 신기하다고."

그 말에 운정이 눈을 좁혔다.

"정채린은 어디 있습니까?"

디아트렉스가 비아냥거렸다.

"그걸 말해 줄 것 같은가, 운정 도사?"

운정이 하늘을 올려다보았다. 그곳에는 거대한 공간을 덮고 있는 정육면체의 모서리가 보였다.

"제가 알기론 제갈극의 실험실에서도 당신은 이러한 공간에 갇혀 있었습니다."

"……."

"그리고 처음 절 보았을 때, 당신은 나의 공간에 온 것을 환영한다고 하셨지요. 그렇다는 것은 당신은 아직도 그 공간 안에 갇혀 있는 겁니다. 단지 그 공간이 숲과 산을 삼킬 만큼 거대해진 것뿐이지요."

"……."

"또한 그렇다는 뜻은 정채린은 이 공간 아래에 있겠군요. 실험실에서의 모습을 생각해 보면 말입니다."

디아트렉스는 웃었다.

"역시 머리가 좋군, 운정 도사. 그래서? 그걸 알고 나면, 뭐가 달라지지? 넌 여기서 나갈 수 없다. 내 허락 없이는 이 공간을 이루는 막을 통과할 수 없어."

운정은 미소 지었다.

"상관없습니다."

그는 눈을 감았다.

그리고 주문을 외워 마법을 시전했다.

[메시지(Message).]

그는 아이시리스와 몇 마디를 주고받더니 곧 눈을 뜨곤 디아트렉스를 보았다.

운정의 눈빛은 자신감으로 빛나고 있었다.

운정에게 빠져나갈 수단이 생겼다는 걸 눈치챈 디아트렉스는 얼굴을 잔뜩 일그러뜨리더니, 곧 사지를 마구 흔들기 시작했다.

"으아아! 으아! 으아아악! 으으악!"

그의 상체뿐 아니라 하체까지도 미친 듯이 떨리기 시작했다. 운정은 마지막 남은 내력까지 쥐어짜 내서 영령혈검을 붙들고 디아트렉스의 힘을 억눌렀다.

그렇게 얼마나 지났을까?

하늘과 산을 삼킬 정도로 거대했던 정육면체의 막이 점차 좁아지기 시작했다. 그것을 느낀 디아트렉스는 잠시 눈이 멍해졌다가, 곧 더욱더 심하게 발악하기 시작했다.

"쿨컥."

갑작스러운 움직임에 운정이 입가로 핏물을 토했다. 하지만 그는 다시금 이를 악물고는 그가 가진 모든 힘을 짜내 디아트렉스의 몸을 붙든 영령혈검으로 보냈다.

정육면체는 계속해서 작아져, 이내 디아트렉스와 운정을 겨우 감쌀 정도로 작아졌다.

아이시리스가 그 바로 밖에 나타났다. 그녀는 곧 안의 상황을 보고는 지팡이를 높이 들며 주문을 외쳤다.

[텔레포트(Teleport)!]

운정과 영령혈검이 순식간에 사라져 아이시리스의 옆에 나타났다.

갑자기 자유를 되찾은 디아트렉스는 얼른 하나가 되었다. 그리고 운정과 아이시리스를 향해서 돌진, 주먹을 뻗었다.

쿵! 쿵! 쿵!

그의 주먹이 닿자, 그들 사이에 있는 정육면체의 막이 강하게 진동했다. 하지만 작은 흠집조차 나지 않았다.

안전한 것을 확인한 아이시리스가 운정에게 말했다.

"정채린은 어디 있죠?"

정육면체 안에 디아트렉스가 잘 갇혀져 있는 것을 확인한 운정은 힘겹게 손가락을 들고 바닥을 가리켰다.

"땅, 땅 아래 있을 거다."

그렇게 말한 그는 더 이상 지체하지 않고 눈을 감으며 가부좌를 틀고는 곧 주변의 기운을 무섭게 빨아들이기 시작했다.

낙양 북부 주변 어딘가.

지화추는 절벽 끄트머리에 서서 태양이 떠오르는 동쪽을 바라보고 있었다.

산 능선으로 길게 이어지는 태양빛은 산과 숲의 아름다움을 불어넣었고, 이에 바라보는 것만으로도 정신이 황홀해지는 자연 광경이 눈앞에 펼쳐졌다.

하지만 그것을 바라보는 지화추의 눈빛은 조금도 변함이 없었다.

여전히 지쳐 있었고, 여전히 허무했다.

그때, 어디선가 한 남자가 경공을 펼치며 나타났다.

절벽을 타고 올라가는 솜씨를 보면 경공만큼은 지마급이 되는 듯싶었다.

그 마인는 지화추 앞에 무릎을 꿇더니 말했다.

"단장님을 뵙습니다."

지화추는 양손으로 뒷짐을 지며 말했다.

"더 말할 것 없다. 네가 왔다는 게 무슨 뜻인지 아니까."

그 마인은 그 말에도 묵묵히 자기 말을 했다.

"교주가 모든 교인에게 명령했습니다. 혈교가 아니라 청룡궁을 향해 진격하라고 말입니다. 대다수의 마인들은 혈교든 청룡궁이든 싸움만 할 수 있다면 별로 상관없다는 자세입니다. 이에 진마교는 아직 눈치를 보고 있습니다."

"천마오가에 전해라. 이렇게 된 이상, 색이(塞耳)만이 답이라고. 행여나 심검마선이 돌아온다면, 모든 건 물거품이 된다."

그 마인은 잠시 말이 없다가 곧 고개를 숙이고는 물러갔다.

홀로 남은 지화추는 눈을 감고 호흡했다.

밝은 햇빛이 피부 위로 내리쬐어지니 평정심이 돌아오는 듯했다.

하지만 눈꺼풀 뒤로 한 남자의 얼굴이 떠오르니, 심장이 요동치기 시작했다.

그는 씹어 내뱉듯 말했다.

"두 시진… 겨우 두 시진 만에 모든 것을 망쳐 놓았어. 강한 것은 익히 알았지만… 하기야 어쩔 수 없었다. 그것이 최선이었어."

그가 한탄하는데 한참 멀리서 말발굽 소리가 들려왔다.

그 소리는 점차 커지더니 곧 흙먼지와 함께 말을 타고 한 남자가 달려왔다.

지화추가 고개를 돌려서 그를 보았다. 그는 거대한 창을 손에 들고 있었는데, 그 무게가 상당한 듯 보였다. 말은 보통의 것보다 수배나 두꺼운 근육이 엿보였다.

그 남자는 지화추에 가까이 와서 속도를 줄이기 시작했다. 그 말은 매우 익숙한 듯 몇 번의 발놀림과 미끄러짐을 적절하게 이용해서 깔끔하게 멈췄다. 그리고 그 순간 그 위에 타고 있는 남자가 반동을 그대로 받아 다리를 휙 넘겨 지화추 앞에 섰다.

쿵.

지축을 움직이는 듯한 충격이 그의 발끝에서 사방으로 퍼져 나갔다.

그가 말했다.

"마법사들이 떠났다. 한순간에. 약속이라도 한 듯이. 공간이동하는 걸 항상 기이하게 여겼는데, 그걸 이용해서 하루아침에 증발해 버렸어."

지화추는 고개를 끄덕였다.

"그들이 떠났다면, 아마 서쪽으로 향했을 겁니다. 곤륜산 지역에 마법사들이 문파를 만들었다고 하니까요."

그 남자의 짙은 눈썹이 꿈틀거렸다.

"이미 알고 있었나?"

지화추는 고개를 저었다.

"아니요. 하지만 이해는 갑니다."

"뭐가?"

지화추가 덤덤하게 말했다.

"청룡궁에서 그들을 하대해 오지 않았습니까? 아니, 천대라고 해도 좋을 정도였지요. 당신들이 마법사들을 결국 배척하

리란 것은 밖에서 잠깐 본 저도 알 수 있을 만큼, 당신들의 태도는 상당히 노골적이었습니다."

"그래서? 애초에 우리에게 찾아온 것들이 그들이었다. 아쉬운 건 그들이지."

"하지만 더 이상 그들은 아쉽지 않습니다. 고바넨이 곤륜산에 문파를 세우고 나서는 언제든지 그쪽으로 갈 수 있었습니다."

"그건 좀 지난 일 아닌가? 왜 하필 지금 간 것이지? 청룡궁의 염원을 이루려는 이때에!"

지화추는 잠시 말이 없다가 대답했다.

"저도 방금 들은 소식입니다만, 심검마선이 귀환할 수 있는 열쇠가 되는 여성, 정채린을 다시 뺏겼습니다. 때문에 마법사들은 더 이상 정채린을 얻을 수 없겠다 싶어서 모조리 떠난 게 아닌가 합니다."

용은 아무런 감흥도 없다는 듯 말했다.

"하기야. 우리가 그 여자를 원래 붙들고 있을 때부터, 마법사 놈들이 무척이나 탐을 냈지. 묵씨 가문이 아니었다면 진작 줘 버리고 말았을 것이다."

"……."

지화추가 침묵을 고수하자, 그 남자가 물었다.

"그래서? 천마신교는 언제 낙양을 비울 것인가?"

지화추는 고개를 저었다.

"비우지 않을 겁니다."

이에 그 남자가 큰 목소리를 내며 발을 한 번 굴렀다

"뭐라고!"

쿵.

지화추는 그에 일절 반응하지 않으며 전과 같은 목소리로 중얼거렸다.

"어제까지만 해도 혈교를 공격하는 분위기를 모두 만들었습니다. 그뿐만 아니라 교주의 등에 칼을 꽂고 영안을 훔쳐 내 그의 마음을 어지럽혔습니다. 그대로 흘러갔다면, 낙양본부의 마인 구 할 이상이 이미 강서성을 향해서 출발했을 겁니다. 하지만……"

그 남자는 더 이상 참을 수 없는지 지화추 가까이 걸어왔다. 그리고 그의 멱살을 쥐고 위로 들어 올렸다.

지화추는 얼굴을 조금 일그러뜨릴 뿐, 별다른 반응을 보이지 않았다.

그 남자는 지화추를 내려다보며 으르렁거렸다.

"네가 분명히 말했다! 오늘 천마신교 낙양본부를 비워 주겠다고! 그때, 낙양본부에 쳐들어오면 황룡이든 뭐든 신경 쓰지 않을 테니, 알아서 하라고! 이후에도 천마신교는 다시 십만대산으로 돌아갈 것이라 했지! 그런데 감히 우릴 속인 것이더냐!"

지화추가 그를 향해서 말했다.

"현무를 봉인하지 않으면, 천마신교는 어차피 무너집니다. 제가 당신을 속여서 무엇을 얻을 수 있습니까? 나는 청룡궁에서 현무를 봉인하기를 바라는 사람입니다. 때문에 청룡궁이 낙양본부를 점거해 주기를 원합니다. 그런 제가 청룡궁을 왜 속이려 하겠습니까?"

그 용은 두 눈에 더욱 살기를 품으며 지화추를 내려다보았다. 하지만 그 기세와 달리 그를 잡은 손에서 점차 힘을 풀었다.

용이 확 뒤로 던지듯 놔주자, 지화추는 땅 위에 쓰러졌다. 그는 몇 번이고 콜록거리더니, 자세를 잡고 일어났다.

용은 그를 경멸하듯 내려다보며 말했다.

"이렇게 된 이상, 청룡궁은 정면 승부를 선택할 것이다."

지화추는 고개를 저었다.

"제 말을 들어 보십시오. 지금 진마교에선 색이를 준비하고 있습니다. 이제 곧 교주를 죽일 것입니다. 그러니 조금 기다렸다가, 그때, 낙양에 들어오십시오."

그 남자는 고개를 저었다.

"넌 이미 한 번 실패했다. 그런데 왜 또 네 계획에 따라야 하지? 이번에도 네가 실패하면? 우리보고 언제까지 기다리라는 것이냐?"

"조금이면 됩니다. 그리 오래 걸리……."

그 남자는 큰 소리로 지화추의 말을 잘라 버렸다.

"됐다. 이제부터 네가 내 말에 따라라. 똑똑히 듣고 진마교인지 뭔지 하는 애들에게 전해라. 현무를 봉인하고 싶거든, 청룡궁과의 싸움에 나서지도 말 것이며 낙양본부에 남아 있지도 말라. 너희들의 가문이 있는 저 남방으로 도주하여 그곳에서 문을 걸어 잠그고 조용히 기다려라! 우리 청룡궁의 앞길을 막으러 나오는 모든 마인들은 주검이 될 것이고, 낙양본부 내에 숨어 있는 놈들도 모조리 죽을 것이다."

지화추가 급히 말했다.

"빠른 길을 두고 돌아갈 필요가 있습니까? 차라리 우리의 색이를 도와주시지요. 교주와 태극마선을 붙드는 걸 청룡궁이 도와준다면 쉽게 색이에 성공할 것입니다."

그 남자의 두 눈이 다시금 살기로 가득해졌다.

그는 성큼성큼 걸어와서 지화추의 멱살을 다시금 잡았다.

그리고 하늘 높이 들면서 말했다.

"더럽고 치사한 놈! 너희들의 반란을 위해서 외부 세력을 끌어들이겠다는 거냐? 감히 우리더러 쥐새끼처럼 너희 하수구로 기어들어가 너희 교주의 침상에 칼을 꽂으라니! 과연 마인답구나! 과연 마인다워! 너 같은 놈과 말을 섞었다는 것 자체가 나에겐 모욕이다!"

"자, 잠깐. 박소을! 박소을을 바쳤잖습니까? 내가 아니었다면 박소을을 다시 찾을 수도 없었을 것이고, 지금처럼 협조적으로……."

그 남자는 더 듣지 않고 지화추를 높게 던져 버렸다.

지화추가 높이 떠오르자, 그 남자는 들고 있던 창으로 그를 겨누고 던졌다.

빠르게 날아오는 창을 보며 지화추는 눈을 부릅떴다.

푸슉-!

창은 지화추의 가슴을 완전히 뚫어 버렸다.

쿵.

구멍 난 그의 몸이 바닥에 떨어지고 이후 그 앞에 창도 떨어졌다. 그 남자는 그 창을 부여잡더니, 옆으로 크게 휘돌면서 피를 벗겨 냈다.

"절벽으로 던져 버릴 걸 그랬구나. 더러운 피를 묻혀 버리다니."

그 남자는 이내 말 위에 올라탔다.

그리고 왔던 길을 되돌아 뛰기 시작했다.

해가 점차 높게 떠올랐다.

그리고 다시금 서쪽으로 기울기 시작했다.

세상은 곧 황혼의 빛으로 물들었고 이내 태양빛이 사라

졌다.

그때, 한 노인이 지화추의 시신 앞에 나타났다.

그 노인 옆에는 어여쁜 여자가 한 명 서 있었는데, 눈빛이 공허한 것이 영혼이 없는 듯했다.

그에 반면에 노인은 이 세상의 모든 감정이 뒤섞인 듯한 눈빛으로 지화추를 바라보았다.

"……."

비쩍 마른 몸에 앙상한 팔다리를 가진 그는 천천히 지화추에게로 다가왔다.

뻥 뚫려 버린 가슴은 그가 가진 어떠한 의술로도 메울 수 없었다.

지자추는 팔로 지화추를 안아 들었다.

그리고 그를 자신의 품속에 두었다.

그가 눈을 감고 나지막하게 말했다.

"내 너를 오래 알진 못했으나, 네 아비를 너만 한 나이에 떠나보냈었다. 그래서인지 널 내 자식처럼 생각했다. 한데 그런 너도 이렇게 가 버리니, 도저히 슬픔을 주체할 수가 없구나."

그의 눈빛과 말에는 분명 그의 말대로 슬픔이 가득했다.

하지만 절대로 피할 수 없는 죽음 앞에서 느낄 수 있는 절망감이나 허무함 혹은 절박함이 섞여 있진 않았다.

지자추는 손을 들어서 지화추의 두 눈을 감겨 주었다.

그리고 중얼거리듯 말했다.

"네가 죽은 지는 아직 만 하루가 되지 않았지. 아직은 희망이 있다. 다시금 살아날 수 있어. 이 조부가 널 반드시 되살리마. 이계의 마법과 중원의 의술을 총 집약하여, 너를 원래대로 되돌릴 것이다."

그는 자신의 외투를 벗었다. 그것으로 지화추를 둘러쌌다. 큰 몸인 만큼 그를 덮고 있던 외투도 커서, 지화추의 몸을 모두 둘러싸는 데 무리가 없었다.

그는 여인을 향해서 손짓했다. 그 여인은 천천히 그에게 걸어왔다.

"어깨 위로 들어라."

지자추가 명령을 내리니 여인은 지화추의 몸을 훌쩍 들어서 어깨 위로 멨다. 가녀린 여인의 몸임에도 불구하고 표정에 작은 변화도 없이, 성인 남성을 쉽사리 들었다.

그는 하늘 위로 떠오른 달을 올려다보았다.

한참을 바라보던 그는 절벽을 타고 내려가기 시작했다.

그 큰 팔다리가 이리저리 움직이니, 마치 앙상한 나무가 움직이는 듯했다.

그리고 그 뒤로 지화추를 어깨에 멘 여인이 빠르게 쫓아왔다. 대단한 경공 실력을 보유한 듯, 가파른 절벽을 마치 도보처럼 뛰었다.

그들은 그렇게 한참을 달렸다.

산을 넘고 들을 넘어 한 장소에 도착했다.

그곳에는 로브를 깊게 눌러쓴 한 마법사가 있었다.

그는 지자추를 보더니 능숙한 한어로 말했다.

"손자분은 데려오셨습니까?"

지자추가 말했다.

"죽었더군. 그래서 시신을 가져왔어."

"……"

"만 하루가 지나지 않았다면 되살릴 수 있다고 했었지?"

그 마법사는 여인이 어깨에 메고 있는 걸 슬쩍 보더니 나지막하게 말했다.

"그렇습니다."

지자추는 고개를 끄덕이며 말했다.

"됐어, 그러면. 가자고."

그 마법사는 고개를 끄덕이더니, 공간이동 주문을 외웠다.

[텔레포트(Teleport).]

그들의 모습이 그곳에서 완전히 사라졌다.

천마신교 대전에서 아침부터 시작한 교무 회의는 저녁이 되도록 계속되었다.

혈적현은 처음부터 강경한 태도를 보이며 전쟁의 방향을 청룡궁으로 바꿨다. 이에 다섯 대장로 중 흠진과 운정은 지체

없이 존명을 외쳤고, 후잔해와 서가령은 마지못해 존명을 외쳤다. 사무조는 개인적인 일로 참석하지 못했다.

천마신교는 어떤 곳인가? 교주의 명령이 절대적인 곳이다. 율법상 마인들 개개인의 의지를 한데 모은 것보다도 교주 한 사람의 의지가 천마신교의 의지가 되는 곳이다. 이는 천마신교를 이루는 근간이며 절대 법칙이다.

혈교를 공격하지 않고 청룡궁을 공격한다는 것은 이미 결정된 사항으로, 모든 마인은 마땅히 따라야 했다. 따라서 이후 교무회의는 왜 청룡궁을 공격할 것인가가 아닌, 어떻게 청룡궁을 공격할 것인가에 대한 논의뿐이었다. 혈교로 향해 나아갈 줄 알고 준비했던 부분들 중 버릴 것은 버리고 취할 것은 취하며, 처음부터 다시 짜야 하는 것은 과감하게 다시 짰다.

시간은 순식간에 지나갔다. 당장 내일 아침까지 낙양을 떠나자는 것이 혈적현의 뜻이었으므로, 이에 맞추기 위해서 모두들 열심히 고뇌를 거듭했다. 아무도 대전을 나갈 생각을 하지 않고, 식사도 거른 채 세밀한 것을 하나하나 결정했다.

그렇게 자정쯤 되었을 때, 누군가 대전의 문을 열고 들어왔다.

모두의 시선이 꽂히자, 막 들어온 마인은 잠시 당황하는 표정을 짓고는 곧 부복했다.

혈적현이 물었다.

"마조대원이로군. 무슨 일인가?"

마조대원이 말했다.

"속보입니다. 청룡궁의 세력이 이미 낙양 인근까지 들어왔습니다. 그 인원을 보면, 청룡궁의 지배 아래 있는 북부 일대 모든 무림인들이 총집결한 것 같습니다."

"뭐라?"

그 말에 장로들도 모두 수군거리기 시작했다.

낙양 인근까지 왔다면 적어도 닷새 전에는 출발했던 것이다. 그뿐만 아니라 모든 무림인들이 총집결했다면, 적어도 열흘 전에는 소식이 퍼졌던 것이다.

혈적현은 자리에서 벌떡 일어나며 말했다.

"그것을 왜 이제야 말하는 것이냐? 청룡궁이 그 넓은 강북 지역에 모든 무림인들을 끌어모아 낙양 앞으로 진군할 때까지 마조대가 전혀 모르고 있었다는 것이 말이 되느냐?"

그 마조대원은 고개를 더욱 조아리며 말했다.

"최근 마조대 낙양단을 지휘하는 지화추 단장께서 실종되었습니다. 정황상 그가 청룡궁과 결탁한 것이 아닌가 하는 추측이 나오고 있는데, 이것이 사실이라면 그가 의도적으로 청룡궁에 관한 정보를 감춘 것이 아닌가 합니다."

혈적현은 얼굴을 일그러뜨렸다.

쾅!

절대지존좌의 왼쪽 손잡이가 떨어져 나갔다.

혈적현은 성큼성큼 걸어서 그 마조대에게 다가가, 그 마조대의 멱살을 잡았다. 마조대는 괴로운 표정으로 혈적현을 보았다.

"똑똑히 들어라, 마조대원. 내가 그저 그렇게 농락당할 놈으로 보이더냐? 너희 마조대원에 속한 모든 인원을 하나하나 붙잡아서……."

"교주! 고정하십시오."

뒤에서 들린 서가령의 외침에 혈적현은 말을 멈췄다.

하지만 분노를 참을 수 없었는지, 격한 숨을 계속해서 쉬었다.

서가령은 이내 말을 이었다.

"마조대는 본 교의 정보를 담당하는 곳이오. 그곳에 속한 마인들을 대부분 죽기까지 본 교를 섬기다, 마공을 잃어버리거나 폐인이 되어서도 끝까지 본 교를 섬기겠다는 일념하에 남아 있는 자들이오. 청룡궁의 일을 제대로 보지 못함은 분명 마조대의 잘못이 맞소. 크나큰 잘못이지. 만약 계획대로 혈교를 치기 위해서 본부를 비웠다면, 내일 아침 본부를 모조리 점령당했을 테니 말이오."

"……."

"그러나 교주의 놀라운 혜안으로 인해서 미연에 방지할 수 있게 되었소. 마조대에서도 설마 단장인 지화추가 배반을 할 줄은 몰랐겠지요. 점조직이다 보니, 머리가 되는 지화추 단장이 정보를 숨기고자 하면 얼마든지 숨길 수 있었을 것이외다."

"……."

"아무튼 지금이라도 알았으니 됐소. 북부의 백도 나부랭이들이 모두 모였다 할지라도, 개중에 절정에 이른 자가 얼마나 되겠소? 백도에서 가장 강력한 구파일방과 오대세가 중 청룡궁 아래 부속하여 북부 백도를 이루는 곳은 오로지 하북팽가밖에 없소. 그 외에는 모두 중소 문파이며 또 역사가 짧은 신흥 세력이지요. 석가장흑백전 때에 경험했듯이, 몇몇 고수를 제외하면 낭인과 다를 바 없소. 준비할 시간이 별로 없다 한들, 얼마든지 막을 수 있소."

혈적현의 손에서 힘이 빠지자, 마조대원은 얼른 바닥에 부복했다.

이에 후잔해가 큰 소리로 말했다.

"서가령 어르신의 말이 맞습니다. 이 일의 책임은 마조대에 속한 마조대원 한 사람, 한 사람이 지는 것이 아니라, 이를 직접적으로 운용하는 정보부 대장로, 사무조에게 있습니다. 이 참담한 사태는 지화추 단장을 감독해야 하는 사무조 장로가 자신의 일을 저버렸기에 발생한 것입니다! 교주님, 대체 그가 어디서 무엇을 하고 있기에, 이런 사태가 벌어지도록 얼굴 한

번 보이지 않는다는 말입니까?"

이에 혈적현은 잠시 침묵을 지키다가 나지막하게 말했다.

"모두 알다시피 극악마뇌는 대장로이면서도 유일하게 초마급에 이르지 못하고 지마급에 머물렀었다. 그 때문에 그를 대장로로 인정하지 않는 마인들이 은연중에 많이 있었지. 또한 대장로의 직위만큼은 본 교의 전통적인 입장을 그대로 계승하여 강한 무공을 지닌 자가 되어야 한다는 규범에도 맞지 않다."

"……."

대전은 조용해졌다. 그 말은 모두들 마음속으로 생각은 하고 있었으나 입 밖으로 내지는 않았던 문제였기 때문이다.

사무조가 두뇌가 워낙 탁월했기에 웬만하면 모두들 그를 인정했지만, 마인들의 천성상 절대로 자기보다 약한 사람의 말을 듣지 않았기에, 사무조에 대한 은근한 괄시는 언제나 있어왔다.

혈적현이 다시 말했다.

"그가 이계에서 어떤 실마리를 찾았는지는 모른다. 그러나 돌아온 직후 내게 폐관수련을 하고 싶다고 했다. 초마에 이르기까지 절대로 나오지 않겠다 했지. 생명이 끊어진다 할지라도 말이다."

그 결의에 모두들 고개를 끄덕이는데, 후잔해는 여전히 고개를 저었다.

"하지만 그가 마조대를 내팽개쳤기 때문에, 이러한 사태가 초래된 것은 사실입니다. 반드시 죗값을 치르게 해야 합니다. 그렇지 않으면 기강이 제대로 서지 않아, 지금과 같은 성세를 유지하지 못하고 무너지게 될 것입니다."

이에 서가령이 나지막하게 말했다.

"일단 그것은 나중에 정해도 될 것들이오. 지금은 코앞까지 다가온 청룡궁의 세력에 대해서 어떻게 대항해야 할지를 결정해야 하오, 후 장로."

그 말에 후잔해는 입을 다물었다. 그녀의 말에 틀린 것이 하나 없었기 때문이다.

혈적현은 다시 절대지존좌로 걸어가 앉았다.

그는 깊게 호흡하며 모든 감정을 떨쳐 버린 뒤에 장로들을 보았다.

"일어난 일은 이미 일어난 일이고, 이에 관한 결정은 청룡궁을 상대로 승리를 취하고 나서 해도 늦지 않다. 일단은 이 사태를 해결하는 데 초점을 둘 것이다. 마조대원은 물러가라. 물러가서 적들의 동태를 계속해서 살펴라."

"존명!"

마조대원이 대전을 떠나자 후잔해가 즉시 큰 소리로 말했다.

"계획이랄 것 있습니까? 본부 내 모든 마인들을 이끌고, 그들이 집결해 있는 곳으로 쳐들어가면 그만입니다. 마조대에서 이미 위치를 파악했으니 오늘 밤에라도 당장 진격하시죠, 교주님."

혈적현은 나지막하게 말했다.

"그렇게 생각 없이 싸울 수는 없다. 단 한 명을 상대하더라도 철저하게 준비하는 것이 올바른 무림인의 자세이거늘, 천마신교의 운명이 달려 있는 이 전쟁에서 계획도 없이 돌진하자는 것은 죽자는 것밖에 되지 않아. 저들도 생각이 있어 총력전을 하러 왔겠지."

후잔해는 더욱 큰 소리로 말했다.

"교주님! 본 교의 마인들을 믿지 못하는 것입니까? 서 장로가 말했다시피 저들은 오합지졸에 불과합니다. 구파일방도 오대세가도 굴복시킨 본 교 앞에 그깟 백도 나부랭이들이 나방들처럼 모였다고 해서 무슨 의미가 있겠습니까? 구할 구푼은 일류를 벗어나지도 못했을 것입니다."

혈적현이 같은 목소리로 설명했다.

"초절정이나 절정에 이른 고수가 하수를 상대로 강력한 이유는 바로 발경 때문이다. 하수가 절대로 막을 수 없는 공격을 할 수 있기에 강한 것이지. 하지만 청룡궁의 용들은 요상한 술법을 펼친다. 검기도 검강도 사용할 수 없게 만들어, 고수와 하수 간의 격차를 크게 줄이는 강력한 술법을 사용한다. 이를 얕잡아 본 자들이 자기 발끝도 미치지 못하는 하수들에게 많이 당했다."

이번엔 서가령이 말해다.

"알고 있소, 교주. 무림맹의 초절정고수가 고작 일류 고수들 몇몇에게 당했다 하지요? 하지만 그건 무림맹의 백도인이 당한 거지, 본 교의 초마급 마인이 당한 것이 아니오. 마공은 그 특수성 때문에 정공보다 하수에게 강력하오."

혈적현은 즉각 반박했다.

"그리고 그 이유는 마공으로 인해 내력의 양이 많아 마음대로 발경할 수 있기 때문입니다. 하지만 발경 자체를 못하니 몸속에 마기가 많다 한들 무슨 소용입니까?"

"……."

다들 이해하지 못한 표정을 짓자, 혈적현이 장로들을 바라보며 좀 더 자세히 설명했다.

"호수만 한 내력이 있어도 한 번에 뜰 수 있는 양이 손바닥밖에 되지 않는다면, 웅덩이만 한 내력을 가진 자들에게 합공을 당해 질 수 있는 것이다. 무기나 신체에 담을 수 있는 내력의 한계가 버젓이 있고, 그 이상으로 내력을 내뿜는 것은 오로지 발경을 통해서만 가능한데, 이 발경을 제한당하면 힘과 속도에서 제한이 걸리는 것과 같지. 그렇다면 숫자에 영향을 받지 않을 수 없어."

"……."

그 말에도 장로들은 여전히 이해가 가질 않는다는 표정을 지었다.

그도 그럴 것이 특히 마인들은 넘쳐나는 내공으로 인해서 쉽사리 발경할 수 있으며, 발경하는 무공을 너무도 당연하게 사용했다. 그러다 보니 그것이 없는 싸움 양상을 상상하기 어려웠다.

그런데 그때, 지금껏 단 한 번도 말을 하지 않은 흠진이 모두에게 입을 열었다.

"난 천살성이기에 혈교와 이해관계가 얽혀 있어 지금까지 아무 말도 하지 않았다. 그러나 청룡궁과의 싸움이 확정된 이상, 발언하도록 하겠다."

"……."

다들 고개를 끄덕이며 그를 보았다. 청룡궁이 낙양 인근까지 총집결한 현 상황에서는 흠진이 천살성이든 아니든 크게 중요하지 않았다.

그가 말했다.

"사무조 장로와 이계까지 동행한 호법원은 모두 나와 같은 천살성. 때문에 그 요상한 술법에 대해 들은 이야기가 있다. 그들이 말하길, 마치 대자연의 기운이 모두 멈춰 버린 것과 같

다고 했다. 경공을 펼치는 것이나 신체에 내력을 두르는 것은
가능하나, 병장기에 주입한 내력조차 증발한다 했지. 다시 말
하면 검에 내력을 불어넣어 그 예기(銳氣)를 강화하는 것도 불
가능하다는 뜻이다."

"······."

"······."

무기에 내력을 불어넣을 수조차 없다?

병장기를 쓰는 무인이라면 그 힘이 대폭 줄어들 것이 분명
했다.

그런데 그때, 또다시 대전의 문이 활짝 열리고 마조대원이
들어섰다.

"속보입니다. 청룡궁에서 서신이 왔습니다."

혈적현이 말했다.

"가져올 것 없다. 거기에 서서 모두에게 읽어라."

그러자 마조대원 자리에서 일어나 서찰을 뜯고 큰 목소리
로 읽었다.

"내일 일출, 북문 앞 평야, 총력전, 추신. 겁쟁이처럼 낙양에
틀어박혀 있지 말고 나와서 한 번에 싸움을 끝내자. 까지입니
다."

그 말에 대전 내부에 있던 모든 마인들의 얼굴이 살벌하게
굳었다.

　　　　＊　　　　　＊　　　　　＊

　회의가 끝나고 낙양을 공격하는 청룡궁의 무리들을 모두
저지하라는 교주명이 떨어졌다. 이에 마인들은 모두 낙양 북
문에 집결해 있었다.

　완전히 텅 비어 있는 대전.

　홀로 절대지존좌에 앉아 있던 혈적현은 잠이라도 자는 듯
가만히 눈을 감고 있었다.

　"교주님, 황제가 왔습니다."

　호법원의 말에 혈적현은 힘겹게 눈을 떴다.

　끼이익.

　문이 열리자 평상복을 입은 대명제국의 황제, 경운제가 천
천히 걸어왔다.

　혈적현은 자리에서 일어날 생각도 하지 않고 거만한 눈길로
그를 내려다보았다.

　황제는 그 모습을 보고 입을 한 번 비틀었지만, 이내 속내
를 감췄다.

　그나마 균형을 맞추고 있던 무림맹이 사라지고, 천마신교는
언제라도 황궁을 탈취해 버릴 수 있는 힘을 가지고 있었으니,
혈적현이 꿇으라고 명령하면 꿇어야 할 정도로 경운제는 힘이

없었다.

하지만 경운제는 고개를 꼿꼿이 폈다. 대운제국의 황제로서 차마 고개를 숙일 순 없었다.

"목을 조아리라 하지 않을 테니 그리 힘주지 않아도 되오, 경운제."

혈적현의 한쪽 눈빛이 번뜩였다.

경운제는 이를 한번 부득 갈더니 말했다.

"짐이 친히 이곳에 방문한 까닭은, 백성들을 생각함이라. 너희 무림인들 간의 전쟁에 있어 범인들의 생명을 건들지 말고, 평야 일대로 나가 그곳에서 승패를 가르라."

그의 목소리에는 사람을 절로 수그리게 만드는 위엄이 있었다.

하지만 혈적현은 하늘까지 이르는 진한 마기를 품은 마인들을 상대해 왔다.

그는 진한 비웃음을 그리더니 말했다.

"걱정 마시오. 낙양의 성벽을 이용할 생각을 하지 않은 것은 아니나, 본 교의 마인들은 성벽 안에서 싸우는 것을 수치로 여길 만큼 강골들이오. 경운제가 이곳에 오지 않았어도, 어차피 그렇게 될 일이었소. 무거운 엉덩이를 들고 괜한 헛걸음만 했군."

"……"

경운제는 양 주먹을 부르르 떨며 그 치욕을 감내했다.

그가 몸을 돌리자 혈적현이 말을 이었다.

"황궁에서 협조하여 북문을 활짝 열어 두신 것에 대해선 감사드리오. 잘 쓰고, 잘 닫아 놓겠소. 그럼 살펴 가시오."

경운제는 잠시 우두커니 섰다. 그리고 분노에 몸을 계속 떨다가, 다시금 걸음을 옮기기 시작했다.

대전의 문이 닫히자, 혈적현은 다시금 피곤하다는 듯 눈을 감았다.

"준비는?"

그의 말에 절대지존좌 뒤에서 악존이 말했다.

"모두 끝났습니다, 교주님. 북문 앞 평야에서 백여 장을 두고 대치 중에 있습니다. 일출까지는 대략 일다경 정도 남은 것으로 파악되고 있습니다."

"그렇군, 후우. 알겠다."

혈적현이 조금도 움직일 생각을 하지 않자, 악존이 당황한 듯 물었다.

"설마, 교주님께서는 전투에 참여하지 않으실 생각이십니까?"

"난 이곳에서 적들을 기다릴 것이다."

"예? 적들은 북쪽 평야에서 총력전을 벌인다 하지 않았습니까?"

혈적현은 담담하게 말했다.

"다른 종류의 적들이다."

그 말에 악존이 잠시 뜸을 들였다가 말했다.

"그렇다면, 이계인을 위해 빼놓은 둘을 다시 불러들이겠습니다. 모든 것보다 교주의 안위가 먼저입니다."

혈적현은 고개를 저었다.

"안 된다. 흑룡대주에게 약속한 것을 지켜라. 이는 교주명이다."

악존은 잠시 말이 없다가 이내 나지막하게 말했다.

"존명."

"너무 걱정하지 말라. 나를 지킬 이는 또 있을 테니까……."

악존은 의아해하며 물으려 했다.

그런데 그때, 대전의 문이 열렸다.

운정이었다.

그는 혈적현에게 포권을 취했다.

"교주님을 뵙습니다."

혈적현이 말했다.

"기다리고 있었다. 제시간에 도착하였구나. 최근에 그토록 무리했었는데 교무 회의에 참석하느라 제대로 쉬지도 못했지. 겨우 몇 시진 동안 회복한 것으로 괜찮겠나?"

운정은 맑게 웃으며 고개를 끄덕였다.

"잠시 신무당파에 들러 완벽하게 회복했습니다. 그러니 심려 놓으십시오. 그럼 전 전투를 도우러 가 보겠습니다."

신무당파가 이계에 있다는 것을 아는 혈적현이 뭐라고 물어보려 했으나, 운정은 바로 포권을 취한 뒤, 연기처럼 사라졌다.

이에 혈적현은 나지막하게 중얼거렸다.

"정말 큰 힘이 되어 주는군."

천마신교의 대전을 나선 운정은 제운종을 극성으로 펼쳤다. 그의 전신은 선기가 뿜어져 나와 현묘함이 절로 드러나는 듯했다.

[아직이에요!]

[아직이에요!]

걱정하는 실프와 노움의 외침을 들은 운정은 속도를 조금 줄이며 그들에게 말했다.

[너무 걱정하지 말거라. 충분히 회복했잖니?]

이번에는 살라만드라와 운디네가 말을 걸어왔다.

[조심해요!]

[조심해요!]

영령혈검이 부러지고, 내력이 고갈되는 등, 엄청난 싸움을 하고난 운정의 몸은 완벽하지 않았다. 자정부터 지금까지 오로지 회복에 매달렸지만, 본래의 위력에 오 할도 채 회복하지 못한 듯싶었다.

그러나 천마신교와 청룡궁 간의 전쟁을 그가 방관할 수는 없었다.

[노마나존으로 인해서 싸움이 무척이나 길어질 거야. 거기에 더해 광선포를 생각한다면, 많은 이들이 지독히도 고통을 당하겠지. 무림인들은 서로 죽고 죽이는 것에 동의한 자들이라 봐도 무방하나, 그렇다 하여 그들의 생명의 가치가 낮다 할 순 없다. 그러니 내가 나서서 속전속결을 해내야 해. 그래야지 최소한의 죽음으로 끝난다.]

네 엘리멘탈이 동시에 물었다.

[왜?]

[왜?]

[왜?]

[왜?]

운정은 나지막하게 말했다.

[그들은 본질적으로 백도와 흑도야. 절대로 섞일 수 없는 물과 기름과 같아. 총력전은 한쪽이 다른 한쪽을 모두 죽일 때까지 끝나지 않을 거야. 누군가 압도적인 무위로 선보여 항복을 받아 내지 않는 이상 말이야. 그러니… 나에게 더욱 힘을 빌려줘.]

운정은 다시금 최대의 속도로 제운종을 펼쳤다.

그러자 한 줄기 빛이 되어 계속해서 북쪽으로 나아갔다.

줄지어 세워져 있는 고급 기와집.

하나둘 일거리를 준비하는 저잣거리.

이제 막 서서히 불이 꺼지는 홍등가.

밭으로 나가기 위에 마차에 오른 농부들.

일출 직전의 낙양은 그것 그대로 또 하나의 한 폭의 그림이었다.

운정은 그 모든 것을 눈에 담으면서 마음을 다잡았다.

탁.

북쪽 성문 가장 꼭대기에 선 그는 저 멀리 보이는 대치 상태를 바라보았다.

두 줄로 길게 이어져 있는 것이 마치 예전 알톤 평야의 전투를 바라보는 것 같았다.

한쪽에선 마인들로 인해 숨 막힐 듯한 마기가 가득 풍겨 나오고 있었다. 그중 몇몇은 하늘에까지 이르는 광활한 마기를 마음껏 뿜어내고 있었다.

이에 반면에 청룡궁 진영의 백도인들은 모두 갑옷을 입고 있었다. 그들이 입고 있는 갑옷은 파인랜드의 그것과 비교하면 한참 떨어지는 수준이었다. 하지만 전신을 보호하고 있는 것은 마찬가지였다.

그때, 청룡궁의 진영에서 몇몇 사람들이 손을 하늘 위로 뻗었다.

그러자 그들로부터 무(無)의 기운이 뻗어져 나오더니, 그 일대를 모두 감쌌다.

광범위한 노마나존이었다.

그것이 마인들을 덮치자, 그들에게서 나오던 흉흉한 기운이 모조리 사라졌다. 하늘에까지 미치는 마기를 내뿜던 초마급 인물들조차 이젠 평범한 무림인으로 보일 지경이었다.

청룡궁의 용들은 이제 마법사들의 도움 없이도 스스로 노마나존을 펼칠 수 있게 된 것이 틀림없었다.

그때, 태양빛이 대지를 밝게 물들였다.

그러자 양쪽 진영에선 모두가 전쟁을 알리는 함성을 내질렀다.

이후 누가 먼저라고 할 것도 없이 서로를 향해서 돌격했다.

가장 먼저 눈에 띠는 것은 바로 천마신교의 인물들.

대장로에 이른 서가령과 후잔해, 흠진, 그리고 신균을 비롯하여 아직 이름을 떨치지 못한 몇몇 마인들이 다른 마인들과는 격이 다른 속도로 앞으로 치고 나왔다. 그리고 그들은 자기들의 독문 무기를 들고 거의 홀로 적진에 몸을 던졌다.

그 때문에 청룡궁 측의 모든 이들은 얼굴에 두려움이 가득했다. 뒤따라오던 마인들은 초마급 마인들이 먼저 대학살을 벌여 줄 것임을 확신했다.

하지만 눈앞에서 일어나는 일은 생각보다 매우 싱거웠다.

"크흑!"

"아악! 젠장!"

"으윽! 아프군."

한 번의 손짓에 대여섯 명씩 단말마를 내지르고, 두세 명씩 목이 잘리며, 열댓 명씩 뒤로 넘어가 버리는 그런 일은 결코 일어나지 않았다.

그저 어쩌다 한 번씩 욕설을 내뱉을 뿐이었다.

손가락 하나로도 사람을 죽일 수 있는 초마급 마인.

그들의 마공은 겨우 일류 고수에 지나지 않은 자의 검에도 쉽사리 막혔고, 그들을 맞혔다고 해도 그 갑옷을 뚫을 수 없어 치명상을 입히지 못했다.

정통으로 공격을 맞고 나동그라졌던 이들도 가슴이 짓뭉개지거나 머리통이 날아가기는커녕, 몇 번의 욕설을 내뱉고는 다시 일어섰다. 그리고 그런 그들을 본 다른 백도인들조차 영문을 모르겠단 표정을 지었다.

다른 마인들이 거의 다 도착했을 때는, 선봉장을 섰던 초마급 마인들이 모두 허탈한 표정을 짓고 가만히 서 있기만 했다.

노마나존 앞에 그들의 모든 마공은 무력하기 짝이 없었다.

병장기의 위력이 대폭 감소하리라 생각했는데, 겨우 갑옷 하나에 막혀 버리는 이 현실을 그들로서는 도저히 받아들이

기가 어려웠다.

"……."

"……."

"……."

싸움의 열기는 놀랍도록 빠르게 식었다.

천마신교의 마인들과 청룡궁의 백도 무림인들은 거우 3장 정도의 사이에 두고 있었음에도, 싸울 생각을 하지 않았다.

산을 들어 바다를 메울 줄 알았던 초마급 마인들의 허무하기 짝이 없는 무위에, 아군도 적군도 모두 긴장감이 확 떨어진 것이다.

그때, 가장 용기 있는 일류 고수가 후잔해 앞으로 돌진하며 외쳤다.

"뭐냐! 천마신교도 정말 별거 없구나! 내 칼을 받아라!"

그는 엉성하게 칼을 뻗어 후잔해를 공격했다.

후잔해는 살짝 보법을 밟아 쉽사리 그를 피하고는, 꽉 주먹을 쥐고 그 고수의 머리를 때렸다.

쾅-!

지금껏 없었던 강력한 폭발음과 함께, 그 머리가 터져 버렸다.

"……."

"……."

그때, 모두들 잠에서 깨어난 듯 입을 살짝 벌렸다.

그중 가장 먼저 감을 찾은 것은 후잔해 본인이었다.

그는 그의 독문 무기인 거대한 철퇴를 내려다보더니 중얼거렸다.

"삼십 년 동안 함께했지만, 오늘은 어쩔 수 없구나."

쿵.

그의 무기가 땅에 닿기 무섭게, 후잔해의 모습이 흐려졌다.

그리고 그는 가장 가까운 백도인 앞에서 나타났다.

그의 주먹이 당황한 얼굴에 냅다 꽂혔고, 곧 그 백도인은 뒤통수로 모든 것을 토해 내며 뒤로 날아가 버렸다.

"……."

"……."

"……."

이에 모든 이들은 깨달았다.

"권법! 권법이다!"

"권법이 아니라면 각법을 써!"

"무, 무기를 버려!"

전투는 새로운 양상으로 삽시간에 화르륵 타올랐다.

하나둘씩 내력을 주입할 수 없었던 무기들을 버리고 자신의 주먹과 발을 선택한 것이다.

신체에는 내력을 담을 수 있으니, 권법과 각법을 몰라도 차라리 그편이 나았다.

곧 전쟁은 힘 싸움이 되었다.

"죽어라! 크아아악!"

"모두 죽여! 어서! 다 죽여!"

"오냐! 내 주먹을 받아라!"

날카로운 무기가 아닌 주먹과 발을 교환하니, 내력의 양에서 우세한 마인들이 압도적으로 전세를 잡아 가기 시작했다. 청룡궁 쪽에서 서서히 밀리면서, 직선이었던 대립이 청룡궁 쪽으로 초승달처럼 기울기 시작했다.

그런데 그때, 청룡궁 쪽에서 본격적으로 앞으로 치고 나오는 자들이 있었다. 그들은 주먹 한 번에 사람을 한명씩 죽여 나가던 천마신교의 초마급 마인들을 공격을 능히 받아 낼 뿐 아니라 뒤로 물리기까지 했다.

"처, 청암문이다!"

"하, 하북팽가야!"

"처, 청룡궁도 있어!"

청암문과 하북팽가 그리고 청룡궁의 인물들이 전선을 맡고 서자, 더 이상 마인들이 그들을 압박할 수 없었다.

그렇게 싸움은 또 다른 소강상태로 접어드는 듯했다.

때마침 전장에 도착한 운정은 영령혈검을 꺼내 들었다. 그리고 청룡궁의 무리 중에 있을 법한 수뇌부를 찾기 위해서 두 눈에 내력을 주입했다.

수뇌부를 제압하면 전쟁이 빠르게 끝난다는 것은 이미 배운 사실이다.

그런데 운정의 눈길을 묘하게 끄는 것이 있었다.

청룡궁 진영 쪽 높은 봉우리에서 이상한 빛이 보였던 것이다.

"역시."

그때, 그 빛이 순식간에 태양만큼이나 강렬해지더니, 그대로 전장 위에 쏟아졌다.

광선포에 맞은 마인들의 몸이 순식간에 타오르며 잿더미가 되었다.

그 엄청난 광경에 모든 무림인들은 넋을 놓아 버렸다.

『천마신교 낙양본부』 22권에 계속…